F2B、嵐を越えて

レイヴン・ワークス❷

夏見正隆

ハルキ文庫

JN136691

角川春樹事務所

CONTENTS

本書はハルキ文庫の書き下ろしです。

LITTLE SISTER

CHAPTER-1 腹違いの妹

RAVEN WORKS

1

「瀬名《せな》一尉。君に、もう一つ仕事を頼みたい」

目の前の老人は言った。

瀬名一尉――

それは、私の古い呼び名だ。

「君でなければ出来ない」

「――――」

いったい、何を言うのか。

私は目をしばたたいた。

この老人は。この期に及んで、また〈仕事〉……⁉

私は目の前の老人と、その左右を固めるように座るダークスーツの男と女、そして車窓の外の景色の流れをちらと見た。

このバン――黒塗りの大型のワンボックスには、半ば無理やりに乗せられた。

走り始めてからすでに十分は経《た》ったか。

分厚いガラス（たぶん防弾仕様だ）の外は、夕暮れの色だ。

私の座らされたシートからは、限られた視界しかない。この大型ワンボックスの前後を挟むように走行している白バイの姿は、ここからは見えない。

私は、つい半日前、『彼ら』から依頼された〈仕事〉をやり終えたばかりだった。

依頼、というか巻き込まれ、実行させられた〈仕事〉——

極秘の飛行だ。

それは、初めは『北朝鮮の工業団地に閉じ込められた日本人を救出に飛ぶ』という話だった。

私が現在勤務している新興航空会社——スカイアロー航空は資金繰りに行きづまり、緊急の融資を受けられなければ経営破綻《はたん》する。

資金の当ては無い。

だが、ただ一つ手が差し伸べられた。いま南北朝鮮の国境に位置する〈開城《ケソン》工業団地〉に、わが国の経済人で構成される視察団が閉じ込められ、帰国出来ない状態となっている。特別機を飛ばし、彼らを救出出来れば、融資が受けられる。

だから行ってくれないか。

かつて航空自衛隊に勤務していた頃、世話になった先輩がスカイアロー航空の創業者であり、社長だった。

空白から身を引いた私を、自身の立ち上げた会社へ呼んでくれたのも彼——鍛治光太郎《かじこうたろう》だ。

鍛治が『生涯の夢』と口にしていた新興航空会社。

そこに今、私も世話になっている。

会社が危ないという。

それでも初めは『断ろう』と思った。

私が飛行機を——戦闘機を降りたのには事情がある。空自を退いて民間へ出ても、操縦桿《そうじゅうかん》を握る仕事に就かなかったのにも理由がある（その気になれば国内外のＬＣＣ（格安航空会社）などで募集があり、民間パイロットとして職を得るのは可能だった）。

飛ばない——そう決めた私を、『事務職でもよいから来い』と呼んでくれたのが鍛治だ。

その鍛治に頼まれた。

恩もあった。

だが最終的に、私が依頼を引き受けたのは『これ以上、自分の周りに不幸な人を増やしたくない』という気持ちからだ。私が機を降りたのは、人を不幸にしたためだった。今度は『飛ばない』と決めたルールを頑《かたく》なに守ることで、いま一緒に働いている多くの仲間を路頭に迷わせようとしている。それは私の真意ではない。

一度だけ、禁を破ることにした。

それが昨夜のことだ。

「禁を破って飛ぶのは」

私は口を開いた。

頼みたい〈仕事〉……。飛ぶことに決まっている。

「昨夜の一度限りです」

すると、

「――――」

老人（経済界の長老でもあるらしい）は見返して来た。

軽く、のけぞらされるような感覚。

その眼光。

名は、恩田《おんだ》啓一郎《けいいちろう》というらしい。


昔、空自の飛行隊で戦闘機――F15Jのパイロットとして飛んでいた頃。

私は訓練で〈他流試合〉もよく行なった。ACM――模擬格闘戦の対戦相手は、所属していた第六航空団の同僚パイロットだけに限らなかった。他の航空団から腕を磨くために遠征して来るチームもあったし、飛行教導隊が巡回訓練に訪れることも、年に一度は必ずあった。

名も知らぬパイロットと対戦することになった場合。

私は、ある時期から、相手の『力量』をフライト前に把握出来るようになった。目だ。

訓練空域へ向かう前のブリーフィング（打ち合わせ）で、挨拶《あいさつ》を交わした時。相手の目――眼光と目の動きを見る。それでだいたい、空域へ上がってからの腕は推し量れた。どのくらい闘える相手なのか……。

自分よりも上か下か、そんなことは考えない。考えることはただ一つ。『どうやったらその男に勝てるか』。

飛行教導隊が巡回訓練のため来訪した時は、そのどのメンバーも、最初に顔を見るなり『目が違う』と感じた。こいつらを相手に闘うのか……。

どうやったら勝てる。

それだけを考えた。

『戦闘』について研鑽《けんさん》を積もうと、陸上自衛隊の〈幹部レンジャー課程〉にも志願した。

陸自のレンジャー訓練では、当然だが肉体を使った格闘も行なう。

最初は訓練施設のマットの上だが、課程がクライマックスに近づくと、山野を踏破して任務を果たす〈行動訓練〉のさなか、突然〈敵〉に襲われる。

襲って来るのは教官だ。レンジャー・バッジの取得を目指して課程に挑んでいる訓練生たちを、物陰から不意に襲撃しては叩《たた》きのめして去っていく。せっかく集めた蛇《へび》や蛙《かえる》などの貴重な食料を持ち去られることもあった。〈行動訓練〉の中で襲われた場合、訓練生は反撃する際にナイフを使うことを許可されていたが――しかし腰や脛《すね》のホルダーから刃物を抜いて対抗する余裕など無い。予想しない角度から襲って来た〈敵〉に気づき、向き直り、この時に刃物を抜こうと〈敵〉から一瞬でも目を離すと、次の瞬間には顎《あご》を強打され後ろ向きに倒れている。ナイフを抜いても空を切るだけだ。

不意打ちを食ったら、目を離してはいけない。たとえ得物が抜けなくとも、〈敵〉の目を見ているだけで少なくとも負けることはない――

恩田啓一郎の眼光を見返しながら、そのことを思い出した。

その『戦闘』というものから離れ、一年になるが……。

(いや)

昨夜から今日にかけて、再び戦わされた。

感覚は、現役の頃に戻りつつあるか――

「瀬名一尉」

目の前の老人は繰り返した。

「いま半島を中心に、アジアは危機に瀕《ひん》している」

「――――」

私は、老人の眼光を見返した。

言葉の内容よりも、その光に集中していた。

人間は、「こいつをうまく嵌《は》めてやろう」と考えていると、自然と相手に対する目つきが上目遣いになる。

空中でも、地上での戦闘でも、少なくない数の相手を見た。

相対した時に、目つきが上目遣いにならない者は、勝負への執着心が薄いか、あるいは自らの腕によほど自信を持つ『強敵』だ。

「世界の構造が、大きく変わろうとしている」

老人は続けた。

「歴史は動く。現在の力の構造は間もなく壊され、変わるだろう。我々にとって良い方向へ変われば良いが」

「――――」

「そうでない場合は、防がなくてはならない」

何を話すのか。

いや。たとえ何を話されても、応じるつもりは無い。

私の望みは何よりも今、この車から無事に降りて解放されること。

もちろん、私が背にしている壁――車室の前方の防弾壁で仕切られた運転台にいるはずの娘と一緒にだ。

運転台の様子は、壁に遮られて見えない。

娘――真珠《まじゅ》は、このワンボックスに乗せられる際、八神透子《やがみとうこ》という東京空港警察署の女性警察官に連れられ、助手席に座らされた。

五歳の娘は、無事か……。

そう考えた瞬間、私の目が泳いだか。

目を合わせた老人は「心配するな」と口にした。

「心配するな。瀬名一尉」

「？」

「君のお嬢さん――いや君の引き取ったあの女の子には、組織が保護態勢を準備する。十分な資金もある。万が一、君が戻らなくとも後顧の憂いは無い」

「……？」

「万一、君が戻らなくとも将来の心配は無い。女の子を陰から保護して成長を見守る、というのは、実は我々は組織として、これまでも実践して来た」

私は眉《まゆ》をひそめた。

何を話している……？

「もっとも君が〈仕事〉に成功して戻らなければ、わが国も、円という通貨もどうなってしまうか、分からんがね」

「どういう話なのか」私は口を開いた。「分かりませんね」

　すると。

「瀬名一尉」

　隣で、声がした。

（――――）

　この声……。

　私は、それまで出来るだけ、隣にいる存在を意識しないようにしていた。

　右隣に座るのは、私をこのバンに乗せた――いや、乗るよう強要した本人だ。

　君が運んだコンテナの『中身』を知りたくはないか。

　私を、昨夜の〈仕事〉へ引きずり込んだ――そしてつい先ほどは、この男を含め、ダークスーツ姿の群れが空港の到着ロビーの出口を固め、五歳の娘の手を引いて離脱するには多大な労力が必要な情況にしておいてから、促したのだ。

　知りたければ、車に乗れ。

　私は右隣の男を見た。

　途端に、目が合う。縁《ふち》なしの細い眼鏡。禿《は》げ上がった頭に、着やせして見えるがスーツの中の肉体は鍛え上げられている。

名は、萬田路人《まんだろと》という。

年齢は私とほぼ同じ。公安警察の幹部らしいが、現在は日本版NSCと呼ばれる〈国家安全保障局〉に出向しているという（「名刺は無い」と言った）。

こいつ……。

「瀬名一尉」

男は続けた。

私にとって、いまいましい声。

「昨夜の君の働きで、あの若い三代目は無事に我々の組織が確保し、国内の安全な場所へ収容――いや落ち着いて頂いた」

「――――」

「しかし、その直後から」

「いい」

私は遮った。

「あんたは、目的を達したのだろう。コンテナの中身は、無事に持ち帰った。その代わりに、鍛治さんをあんなことに」

「鍛治光太郎の犠牲は、尊いものだ」男は頭を振った。「だが、残された奥さんも組織の人間だ。理解してくれる」

「鍛治さんを死なせたのは」私は唇を噛《か》んだ。「俺の責任だ」

「それは違う」

萬田はまた頭を振った。

「坪内《つぼうち》から、昨夜の情況の詳細は報告されている。君は、邪魔になる車両を移動するため機外へ出た鍛治光太郎が戻ったことを確認して、離陸に移った。実際に機首下面のハッチから入り込んだのは鍛治でなく敵兵だったが、それを知る術《すべ》はなかった」

「…………」

「時間の猶予はなかった。疑って、床下を覗《のぞ》いて確かめていたら、機はおそらく」

「…………」

「君は機を救い、任務を果たしてくれた。鍛治光太郎は君を助けた。そういうことだ」

坪内の報告……。

私は唇を噛み締めたまま、車室の中を素早く見た。

老人の右横に、ビジネススーツの女がいる。しかし、あの女工作員──坪内沙也香《さやか》ではない。雰囲気は似ているが、もっと若い感じだ。凄《すご》みも感じない。グレーのスカートの下の脛の筋肉を見れば、訓練を受けているのは分かる。しかし『実戦』は経験していないのだろう。

あの女は、どこにいるのか……。

「坪内の評価では、君は第一級の働きをしてくれた。我々の期待した通りの人材だったというわけだ」

「……評価？」

「気にさわったのなら詫《わ》びるが」

萬田は肩をすくめた。

困ったように、肩をすくめる仕草（あるフランス人の俳優を想わせる）。

「瀬名一尉。我々の組織も、数は少ないが優秀な工作員を養成している。坪内は、双子の妹と共に優等生だった。だから妹の恵利華《えりか》は会長の警護につけていた」

「…………」

私は萬田路人を見返した。

この男の言う『組織』とは、〈国家安全保障局〉を指すのか。あるいは――

さっき老人も口にした〈巣《ザ・ネスト》〉のことか……？

「しかし」萬田は続ける。「航空機を操縦する技能に長《た》けた工作員というのは、得がたい。簡単に養成することは出来ない」

「俺は」

「分かっている。勝手に工作員にするな、と言うのだろう。言い方がまずいなら詫びる。だが、聞いてくれ」

萬田は、ちらと自分の手首の時計を見た。

「今から、二時間と少し前だ」

すると。

車室の後方座席に収まる恩田啓一郎、そしてその左右に掛けたダークスーツの男と女の視線が、私と、話す萬田に向けられた。

固い視線。

（………）

何だ……？

「正確には、二時間一〇分前のことだ。マカオの空港で殺人事件が起きた。中国の北京《ペキン》政府が、マカオにかくまっていた人物がいる。あの三代目の実の兄であり、かつては次の最高指導者に据えられると目されていた。その人物が暗殺された」

2

暗殺……？

私は、右横に座る萬田路人を見返した。

暗殺――

だが、世界中で、要人の暗殺や暗殺未遂は頻繁に起きている。珍しい事ではない。

（……二時間一〇分前？）

萬田路人の口にした時刻。

私が、まだ眠らされていた頃か……。

昨夜、私は年季の入った双発のＭＤ87旅客機を操縦し、南北朝鮮の国境付近に位置する〈開城工業団地〉の短い滑走路から飛び立った。追って来た刺客――北朝鮮のミグ29戦闘機と『格闘戦』をして辛くもこれを倒し、そのまま日本海を低空で這《は》い、山陰の海岸線にある航空自衛隊美保《みほ》基地の滑走路へ滑り込んだ。

未明の着陸だった。だが無事に機を降ろした後だ。あの女――坪内沙也香に不意打ちを食わされ、薬で眠らされた。気づいたら夕方になっており、羽田のスカイアロー航空本社にいたのだが……。

社長室のソファに寝かされ、意識が無かった間に、その暗殺事件が起きたというのか。

しかし、マカオで起きた暗殺など、日本に何の関係があるのか。

少なくとも私には――

だが

「瀬名一尉。日本は危ない」

萬田は言った。

「このままでは国がなくなる」

「──どういう」

どういうことだ……？

訊《たず》ねようとし、しかし口をつぐんだ。

私の中で何かが『気をつけろ』と告げる。

また、この男の計略に嵌められようとしているのかも知れない。

質問をすること自体、罠《わな》に足を突っ込むことにならないか。

男の目を見た。

上目遣いではない。

「どういうことだ」

目を確認してから、注意深く、聞き返した。

国がなくなる……？

今、そう言ったのか。

「説明をしてくれ」

すると
「うむ」

萬田はうなずいた。

「今から約二時間一〇分前——日本時間の一六時頃だ」

萬田は再び時刻を確認し、言った。

そのとき車体が揺れ、男の手首も揺らいだ。

（…………）

この車……。

私は萬田に注意を向ける姿勢のまま、車室の中を再度ちら、と見回した。

羽田から、高速道路へ入ったようだ。特殊仕様の動く密室であり、盗聴の恐れも少ないだろう。

前後を警察車両と白バイが挟んでいる。

十分前、彼らは真珠を連れた私を空港の出口で待ちぶせ、このバンに乗せた。萬田だけでなく、恩田啓一郎までが同乗し、話をした。〈巣《ザ・ネスト》〉と呼ばれる組織——この日本に古くから存在するという組織の働きまで明かした。

しかし、これは予定の行動だったのか……？

先ほど社長室で目覚めた時のことを思い出す。目を開けた私の顔を覗き込んだのは、鍛治英恵《はなえ》だった。鍛治光太郎の配偶者であり、親しくしていた女性だが、彼女も〈巣《ザ・ネスト》〉の一員だという。鍛治を死なせたのは自分だ、と言う。自らの素姓を明かした上で、英恵は『鍛治の代わりに働いて欲しい』と言った。

だが英恵の言葉は、『組織の仲間になることを考えて欲しい』というニュアンスであり、これからすぐどこかへ行って何かをやれ、という依頼ではなかった。

私に再び〈仕事〉を依頼したいのならば。

目覚めた社長室に、萬田路人も居れば良かった。そこで話せば良かった。ターミナルの出口に、白バイに護衛させた車列を仕立てるなど、目立つことをする必要は無かった。

急に、情況が変わったのか。


萬田路人から伝わる気配。

この男は――昨日の朝は、こんなではなかった。ターミナルビルの地下にある東京空港警察署の取調室で初めて対面した際は、もっと落ち着き払っていた。部下の公安捜査員に変質者を装わせ、私を嵌めた直後だった。情況を把握し、自らコントロールしているという『自信』のようなものが態度に現れていた。

だが今は、それが無い。

逆に、情況に置いて行かれようとしている。時計を見やる動作に、微《かす》かな焦《あせ》りのようなものが浮いて見える。情況をコントロール出来ていないのだ。

彼らにとって、予想外の何かが起きているのか。

「瀬名一尉。我々は、若い三代目を北から脱出させ、亡命させるのに成功した。この事実は、北の内部にいる情報源から中国――中華人民共和国の北京政府へ伝わった。北京政府は即座に行動に出た。今までマカオにかくまっていた三代目の兄を、隠れ家から引っ張り出した」

「……三代目の、兄？」

「そうだ」

萬田路人はうなずいた。

「北京政府は、その兄を次の最高指導者に据えるべく動き始めた」

「…………」

「金日成《キムイルソン》の直系の子孫である三代目には、兄がいた。その存在は、北の国内でも、一般の国民には知られていない。実は最高指導者の地位を継承する資格を持つ――つまり国家創立者の血を引く子孫は、あの三代目一人だけでは無かった。腹違いの兄がいたのだ」

「…………」

「その兄は穏健な人物だ。年齢はすでに三十代であり、主に北朝鮮の国外で活動しており、現実的な考え方をするビジネスマンとも言われていた。前に三代目の継承騒ぎが起きた際、彼は殺される可能性があった。そこで北京政府が手を回し、密《ひそ》かにかくまった。いつか、今日のような――こういう事態となった場合に、後釜《あとがま》の最高指導者に据えるために隠しておいたのだ」

三代目――

そうか。

昨夜運んだ、コンテナの〈中身〉……か。

開城の飛行場の暗闇《くらやみ》で、北朝鮮の兵士たちが命がけでMD87の後部貨物室へ搭載した貨物コンテナの中には、あの国の若い三代目の最高指導者が隠れていた。

私は、その最高指導者の青年を乗せ、闇夜の日本海を渡ったことになる。追手の戦闘機に襲われた際、恩田啓一郎が『着水は駄目だ』と言った理由が今になって分かる。ミグ29に襲われても、機を着水させ海面へ脱出すれば、客室内の搭乗者は助かる。しかし貨物室内のコンテナは機体と共に沈む。

ミグが単機だったとはいえ、旅客機で戦闘機と『格闘』して勝てたのは僥倖《ぎょうこう》だった。

今、その青年は日本国内のどこかで、組織――〈巣《ザ・ネスト》〉によって密かにかくまわれているのか。

数年前、あの国で最高指導者の代替わりが行われた際、資格を持つ候補者が複数存在することは報道されていた。確かに、あの青年の兄に相当する人物も〈系図〉の中に存在したと憶《おぼ》えている。

しかし私は、兄と呼ばれる人物が今、どこでどうしているのかは知らなかった。

「実は今」

萬田路人は続けた。

「あの国――北朝鮮を支配しようとしているのは」

その時、また車体が揺れ、運転台の壁を背にしている身体《からだ》に減速のGがかかった。

私は進行方向を背にして座っている。バンは左へ車線を変更し、減速している。

「うむ――予定の『乗り換え場所』に着いたようだ」

萬田が窓外を見やって、言った。

「瀬名一尉。別の車が待機している。乗り換えてくれ」

「ちょっと」

私は萬田を睨《にら》みつけた。

まだ依頼を受けるとも、何とも言っていない。

しかし、

「向こうの車で説明する。私も行く」

萬田は『分かっている』とでも言いたげに、うなずいた。

「君の言いたいことは分かる。だが瀬名一尉、君が引き受けてくれないと」

「――？」

「最悪の場合、東京は地上から消える」

「何だって」

さらに車体が脇へ寄る感覚。

制動がかかる。

窓外の景色が止まっていくが、私は萬田を睨んだままだ。

今、この男は何と言った……⁉

（……東京が？）

反射的に、ちらと背後を見た。

もちろん、壁を隔てた運転台は見えないが――

「瀬名一尉。憲法のせいだ」萬田は繰り返した。「今、危急の事態となったが。本来、わが国を護《まも》るはずの自衛隊は、外へ出て行けない。君に頼むしかない」

「――――」

「平和憲法に煮え湯を呑《の》まされた君ならば、察してくれるだろう。今回の件では自衛隊が動けない。国を救うには、君に頼むしか」

ぐん、と軽いショックと共に車体は停止した。

外側から駆け寄る気配があり、ドアがスライドして開いた。

冷たい空気が吹き込む。

「――――」

私は萬田を睨んでいた。

この男は、何を言う……？

「降りてくれ」

萬田は繰り返した。

「向こうの車で話す」

「依田《よだ》を付添いにやろう」

恩田啓一郎が言い、横のスーツの女を促した。

「行ってくれ」

「はい」

私は、まともに視線を向けてくる萬田路人、恩田啓一郎、そして老人の横にいるスーツの若い女を見た。

東京が、消える……。

（…………）

運転台の様子を見たくなった。

そのためには、いったん車室から降りなくてはならない……。

唇を嚙み、立ち上がった。

夕暮れの風の中へ降りる。

（……ここは）

非常駐車帯か……？

バンが停止したのは、車線の脇に設けられた非常用の停車スペースだった。

高速道路を降りたのではない。羽田から横浜方面へ伸びる首都高速の、高架の上だ。

見渡すと、ビル街の向こうに夕日が沈み、停止した車列のすぐ横を車やトラックがひっきりなしに追い越して通過する。

私は黒い車体の運転台に歩み寄り、左側の窓から覗いた。

内部には、運転席にサングラスをかけたダークスーツの男が座り、広いベンチシートの真ん中にはポニーテールの女性警察官——八神透子がいた。

黒いパンツスーツ姿の八神透子は、両腕で水玉ワンピースの幼女を抱きかかえていた。

私が覗き込むと、抱いた姿勢から左手を伸ばし、スイッチを操作して窓を下ろした。

「さっきから、寝ているんです」

両腕に抱いた真珠を目で示して、透子は言った。

「疲れているみたい」

「——」

私は、若い女性警察官に抱かれた娘——血のつながりは無いが——を見た。

安心した表情で寝入っている。

（……有《あ》り難《がた》い）

素直に、そう思った。

昨夜一晩、つまり私がMD87を飛ばして朝鮮半島を往復する間、真珠はこの女性警察官に預かってもらっていた。先ほどは、車から降りた八神透子を『とおこちゃん』と呼んで駆け寄った。なついているのか。

寝顔が安らかなのは、いい。

「瀬名さん」

「？」

「もう一晩、わたしが預かります」

八神透子は、うなずくように言った。

表情は、少しこわばっている。腕の中で寝ている真珠とは対照的だが――

「公安のお仕事、また行かれるって聞きました」

「――しかし」

「いいんです」

透子は頭を振り、腕の中の寝顔をちらと見た。

「真珠ちゃん――この子の警護を、任務としてするように。あなたが行かれた後、署の組織を通じて指示が出されるそうです」

「――――」

「気をつけて、行って来てください」

「瀬名一尉。向こうの車に乗ってくれ」

続いて降りて来た萬田が、前方を指した。

濃紺のセダンが、屋根の右側に赤い回転灯をつき出させた状態で停止している。

どこの所属かわからないが、覆面パトカーか。

萬田路人は公安の幹部であり、内閣府の〈国家安全保障局〉へ出向中だという。そして〈巣《ザ・ネスト》〉と呼ばれる組織のメンバー……。

彼らは、警察の組織をある程度、指揮下に置いて使えるのか。

「中で話そう」

「――――」

私は、もう一度運転台を見たが。

萬田の言葉を合図にしたように、運転席の男が操作して、窓を閉めてしまう。

水玉ワンピースの真珠を抱きかかえた透子が、会釈をする。笑顔はこわばっている。

無理もない。

透子は、東京空港警察署の一署員だ。わけの分からぬダークスーツの男たちにいきなり取り囲まれ『公安に協力しろ』と強要されれば、不安にもなる。

それでも、真珠を抱きかかえて護ってくれている――

「すまない」

私は、窓ガラスごしに透子に言った。

「少しの間だ。頼む」

3

「乗るぞ」

萬田が先に立ち、濃紺の覆面パトカーに近づくと。

その動きを、バックミラーで見ていたのか。呼応するように濃紺セダンの右側運転席から、背広の男が降りた。

若い男だ。緊張した固い動作で、萬田に向かって敬礼をする。私服の警察官か。

車体のナンバーは『横浜』。

萬田がうなずくと、私服警察官は運転席の後ろのドアを開く。

萬田が乗り込む。

そこへ
「瀬名一尉」

後からバンを降りて来た灰色のスーツ姿の女が、私を追い越すようにセダンに歩み寄ると、左側の後部座席のドアを開く。

「乗ってください」

動きが、対照的だ。

タイトスカートの下の早足の脚の運びが、流れるようだ。身体を使う訓練を、かなりこなした人間の動き。

若い女は背が高く、ローヒールの靴でも額が私の目の高さにある。ドアを開けながら、素早く周囲に視線をやり、情況を確認している。

訓練で、自然に周囲を警戒する習慣が身についているのか。あるいは、大型バンを含む車列が、襲撃される可能性があるというのか……？

非常駐車帯の横では、走行車線をひっきりなしに乗用車やトラックが通過する。

確かに何者かが、停止している車列を追い越しざまに銃撃しようとすれば、たやすい。白バイがいたところで防護にはならない。

「早く」

やむなく、私はうなずくと濃紺のセダンへ歩み寄った。

若い女が開いたドアの中へ、身を滑り込ませる。

女（依田と呼ばれていたか……？）は素早くドアを閉じると、無駄の無い身のこなしで助手席のドアを開き、乗り込んだ。

「出してください」

「はい」

運転席の私服警察官は緊張した声で応《こた》え、ウインカーを出すと後方を振り向いて確認し、セダンを発進させた。

停止した状態から、高速道路の走行車線へ割り込む。急発進だ。

背中がシートに押しつけられる。

運転席のバックミラーに目をやると、背後の黒いバンがたちまち小さくなる。その運転台でポニーテールの影がこちらを見送るのが分かる。

助手席に座る女も、ミラーをちらと見た。

「同期が心配か。依田」

私の横で、萬田が言った。

「いえ」

助手席の若い女はボブカットの頭を振り、ミラーから視線を下ろした。

依田と呼ばれた女は横の運転席に目をやり「回転灯は目立つわ。消して」と言った。

「は、はい」

私服警察官がうなずき、コンソールのスイッチを操作する。

この覆面パトカーは、やはり萬田の指示により、神奈川県警の車を『徴用』したのだろうか。運転席の私服警察官は、一般の所轄署員だろう。わけが分かっていない様子――声や動作の固さが、八神透子と同じだ。おそらくは『公安の命令通りにただ車を走らせろ』

とでも言われ、出て来たのか。

「行き先はここです」

依田と呼ばれた女は、上着の中からスマートフォンを取り出すと、運転席の警察官に示した。画面に地図が表示され、赤い風船のようなマークが中央にある。

「分かりますね」

「はい、分かります」

「急いでください」

回転灯は消せ。だが、急げ。

いったい、どこへ向かうというのか。

一瞬だけ見えた、女の持つスマートフォンの画面には、川沿いの地形のような画が表示されていたが――

「我々NSCが」

萬田が隣で言う。

「常設の車両部隊や航空隊を保有して、維持するわけにも行かなくてね。そこまでの予算は無い。直属の装備や人員は最小限だ。あとは必要に応じ、既存のものを徴用する」

「――――」

我々……。

男の口にするNSC――〈国家安全保障局〉と、老人の説明した〈巣《ザ・ネスト》〉と呼ばれる組織の関係が、私には不明だ。

内閣府の正式な一部門であるNSC。

一方で、古くから日本に存在する〈巣《ザ・ネスト》〉と呼ばれる一団……。これらは互いにオーバーラップしているのだろうか。

前の助手席に座った女は、何者だろう。NSCの工作員なのか。

「依田美奈子《みなこ》だ」

萬田は助手席を顎で指し、言った。

「これより、君をアシストさせる。昨夜の坪内の後輩に当たる」

「よろしく」

女はこちらを振り向き、小さく会釈した。

その右手にはまだスマートフォンを握り、ボブカットの下の耳に当てている。どこかを呼び出しているのか。

髪型や、身体のシルエットは昨夜の女工作員――坪内沙也香に似通っている。しかしその目線、横顔も声も、どこか初々しく、幼い感じだ。

「依田は、八神透子とは警察学校時代の同期生らしい」

萬田は言った。

「さっきは、久しぶりに再会して驚いていた」

八神透子と……？

警察学校の同期生――

ボブカットの若い女は、萬田をちらと見ると、電話を耳に当てたまま「すみません」と小さく言った。

すみません、というのは萬田に対して言ったようだ。通話の呼び出し相手は、まだ出ないらしい。

「依田は、警察学校を家庭の事情でやめたことになっている」

萬田は続けた。

「実際は違う。優秀だったので、坪内姉妹と同様、訓練途中で我々が引き抜いた。警察庁のキャリアとして採用し直し、任官させた。八神は、依田がいま何をしているのかは知らない――おっと」

萬田は胸ポケットから、自分の携帯を取り出した。

ジージーと鳴っているのは、スマートフォンではない。二つ折りの古い携帯電話だ。

振動する携帯を開き、細い縁なし眼鏡の目で画面を見やる。

「やはりな」

どこかから、メールが来たのか。

萬田はうなずくと、運転席の背中に「そのナビは、地上波は映るか」と訊《き》いた。

「TVのニュースを出してくれ。見たい」

「は、はい」

身を固くして運転している私服警察官は、返事をするが。

ちょうど車は高速道路を下りるところだ。ウインカーを左へ出し、スロープを下る。

すでに高架で多摩川《たまがわ》を渡って、川崎市に入っている。

「あの。信号を無視して行くなら、回転灯を点《つ》けないといけません」

「しかたないわ。点けて」

助手席の女――依田美奈子がうなずき、運転席の警察官に代わって、カーナビの画面をタッチして操作した。

依田美奈子は、ボブカットの耳にスマートフォンを当てたままだ。どこかを、呼び出し続けているのか。

『――先ほど、北朝鮮が発射したミサイルと見られる飛翔体《ひしょうたい》は』
音声が出た。
カーナビの液晶画面に、夕方の民放ニュース番組が映る。
下側にテロップ。〈北朝鮮　ミサイル発射〉
女性キャスターが、差し入れられた原稿に視線をおとし、読み上げている。

慌ただしい口調。

『最高高度、四〇〇〇キロメートル以上の弾道軌道を描いて青森県、北海道の上空を通過。襟裳岬《えりもみさき》の遥《はる》か東の太平洋上に落下したと見られています。これにより、秋田県、青森県、北海道の全域に〈Jアラート〉が発信されました。政府は、今回のミサイルの上空通過を受けて』

「――――――」

北朝鮮の、弾道ミサイルか。

また発射したのか……。

そう思うのと同時に軽い横Gがかかり、身体を左へ押しつけられた。ニュースの映る小さな画面の向こうを交差点の景色が横向きに流れる。

覆面パトカーは右折した。首都高速の出口の交差点を、信号を無視して一気に通過、一般道へ入って行く。

加速する。サイレンが鳴る。運転席側の屋根の上で赤色の光が激しく廻《まわ》り、周囲の街路を照らしている。日が暮れつつある。

「見てくれ。あれを」

萬田が画面を指す。

「出るぞ」

「――？」

『みなさん』

女性キャスターが、カメラへ目線を上げる。

『朝鮮中央テレビが、先ほどミサイルの発射実験について報じました。番組では、その映像を入手しました。ご覧ください』

画面が切り替わる。

私は眉をひそめる。

一目で、北朝鮮のニュースと分かる映像だ。

画面に現れたのは、いつものピンク色の衣装の中年の女性アナウンサーだ。尊大に、歌い上げるような口調でしゃべる。尻上がりに声が大きくなる。訳した要旨がテロップで下に出る。『輝かしい成功だ。火星15号の発射実験が成功し、わが共和国はついに地球上のどこへでも無慈悲な鉄槌《てっつい》を下せる力を手に入れた。本日の発射実験の現場を、偉大なる我らが最高指導者は視察され、技術者たちを賞賛された』

さらに画面が切り替わり、どこかの屋外の夕方の映像。音は聞こえないが、大勢の軍服と白衣姿の群れが、一様に泣き崩れている。感激して泣いているのか……？

そして

（……!?）

私は目を見開いた。

あの青年だ。

泣き崩れる群れの、中央に立っているのは。紺色の詰め襟のような服を着た恰幅《かっぷく》のいい青年。まだ若い――

満面の笑みで『よくやった』とでも言っているのか。這《は》いつくばるように泣き崩れる群れの真ん中で、独り直立したまま拍手している。

「……あれは」

思わず、口を開いた。

「あれは、何だ」

「耳を見ろ」

萬田が横で指摘するように言う。

「耳だけは整形出来ない」

「…………」

俺が、運んだはずだ……?

あの青年――あの国の最高指導者は、すでに日本国内の秘匿施設へ収容され、かくまわれているはずではないのか……?

では、画面のミサイル発射実験場で軍人や技術者に拍手している青年は、何者だ。

耳だけは整形出来ない……？

萬田が今、口にした言葉は。

あそこに映って、拍手しているのは『偽物』――おそらくは暗殺に備えるなどの目的で用意されていた〈替え玉〉だ、ということなのか。

背格好と顔だちの似ている者を、さらに整形して、そっくりに仕立てたのか。確かに、『最高指導者には替え玉が何人もいる』という話は聞いたことがある。

萬田が言うのは、整形手術で顔は変えられるが、耳の形だけは変えられない。だから、よく観察すればあれは偽物だとわかるということか――？

しかし私には、画面の中の青年は、これまでのニュース映像などで目にしたオリジナルそのものに見えた。

萬田のように諜報《ちようほう》機関に所属する人間でもなければ、オリジナルと替え玉の顔の造りの違いなど、分かるわけもない。

（――――）

問題は。

あの国に、今でも最高指導者――若い三代目が存在していることにされている、という事実だ。

「奴らは」

萬田は、腕組みをして言った。

「やはり『いる』ことにするつもりのようだ」

「いる……？」

私は、萬田の横顔を見た。

奴ら……？　何のことだ。

さっきは、東京が消える——と口にした。

その言葉が気にかかり、言われるまま車に乗ったのだ。

「おい」

私は訊きかけたが、同時に車は急な坂道を上り、続いて右へターンした。続いて今度は急なスロープを下りる。

どこへ行く……？

舗装が荒い——上下に揺れた。周囲がいつの間にか暗い。広大な闇の空間の中へ下りていく。回転灯の赤い光が闇の中を嘗《な》める。

スロープを下ったところに、パトカーがいた。白と黒の車体が二つ、浮かび上がる。

制服警官が二名、赤い蛍光棒を手にして、行く手をブロックしていた。

覆面パトカーが近づいていくと、待ち受けていたのか。二名の警官は制帽の下の表情を眩《まぶ》しそうにして、こちらの車体を確認すると蛍光棒を振り『通れ』と合図した。

二台のパトカーの間を抜けると、フロントガラス越しに見えるのは闇だけになった。

さらに小刻みに揺れる。

砂利道のような中を進んでいく。

ここは。

川原……？


（――――）

広大な闇を、見回しかけるが。

私は、ふと同時に頭上に何かを感じ、視線を上げた。

思わず上を見た。

車室の天井が見えるだけだが――

「…………」

何かが来る。


感じる。

どこかから、大気の層を通じて〈気配〉が伝わって来る。

そこへ
「瀬名一尉」

横で萬田が、携帯の画面を示して言った。

「君が今朝、生命《いのち》がけで運んでくれた〈三代目〉は、我々の招待施設の中で徐々に証言を始めている。報告が、散発的にだが届いている」

「――」

「聞いているか？」

「――」

だが私は天井と、車体の後方を振り仰いだ。

萬田の言葉は聞こえているが。

〈気配〉――勘の教える何かを感じ取ると、正体を確かめずにはいられない。身に染み付いた習性のようなものだ。

同時に車が停止する。

砂利を蹴《け》立《た》てる騒音と、振動が止《や》む。すると空気を伝わって何かが聞こえ始めた。

遥《はる》か頭上のどこかから、ボトボトと空気を叩《たた》くような重たい響き。

近づいて来る。

「――ヘリだ」

それも、一つではない。

「二機来る」

「よく分かるな」

萬田は肩をすくめた。

「ここを、発着場として臨時に使うことにした。君にはここで乗り換えてもらう。ヘリで急いで別の場所へ移動し、さらに乗り換えてもらいたい」

「乗り換え……？」

「そうだ」

萬田はうなずき、携帯を閉じると助手席に「依田」と呼び掛けた。

「〈回収班〉は、出たか？」

「まだ出ません」

だが依田美奈子は、携帯を耳に当てたまま、頭を振る。

「〈回収班〉が出ません。変です」

〈回収班〉……？

何のことだ。

（俺に、何を……）

私に何をさせようと言うのか。

運転席のカーナビの画面では、民放ＴＶのニュースが続いている。

画面がスタジオに戻る。

『――これで北朝鮮は』

キャスターが、横へ視線をやる。

右手に、解説者らしき銀髪の人物。

『北朝鮮は、さきの核実験によって、原爆の小型化に成功し、今またミサイル発射実験によって大陸間の弾道ミサイルにそれを載せられるようになった、と見てよいのですか』

『アメリカ本土にまで届くかどうかは、まだ不確かですが』

「――――」

画面下のテロップが〈北朝鮮　大陸間弾道ミサイルを完成か⁉〉に変わる。

北朝鮮の核ミサイル――

ＩＣＢＭ。

思えば、昨夜の事件も。

北の核実験が発端だった。

数日前に北朝鮮が強行した核実験。それを各国が非難したため、北が開城工業団地を一方的に閉鎖、韓国側の関係者を締め出したのだ。たまたま視察に訪れていた日本の経済界のグループが、陸路の国境を閉鎖されたため帰れなくなった。そのために特別機で救出に向かわなくてはならなくなった――

少なくとも最初に鍛治から聞いた説明は、そうだ。

『今日の実験で発射された火星15号はブースターを二本束ねた大型ミサイルで、仮に最大限の性能を出せたとすれば、北米大陸全域の諸都市を直接狙《ねら》う能力を持っている、と見るべきでしょう。弾頭に搭載する核爆弾も、さきの実験で小型化に成功していると見るべきでしょう』

『アメリカは、黙っていませんね』

『いえ。逆に、手が出せなくなりました』

「行動中なら、出られない。いい」

萬田は、助手席の女――依田美奈子にうなずき、自分の側のドアのロックを外した。

「予定通り、私が回収ポイントへ向かう」

「はい」

「降りてくれ、瀬名一尉」

4

「エンジンを止めて。ライトを消して」

助手席で、依田美奈子が警察官に指示した。

後部座席の私の隣にいた萬田路人がドアを開き車の外へ出るのと同時に、エンジンは止められ、前照灯も消灯し、カーナビの画面も消えた。

依田美奈子は私を振り向くと、言った。

「降りて下さい、瀬名一尉」

（——ここは）

車内にとどまっていても、意味は無かった。

私も萬田に続き、自分の側のドアを開くと、車を降りた。

夜気の中へ出る。

空気の流れ——風が吹き渡っている。私の左手から右へ、約六ノット。

広い場所だ。同時にパタパタという響きが、耳に聞こえる音として、遥か頭上から伝わって来た。

見回すと、灯火は全く無いが、停止した車の前方には整地されたフィールドが広がっているようだ。

私は目をすがめた。

（……野球場、か？）

高速道路を下りてからの経路をイメージすると、ここは多摩川の川崎市側の川原か。

河川敷に造られた小規模な野球場を、今、目の前にしているのか。

ずっと遠くの地平線に、無数の灯火が並んでちらちら震えている。川の向こう、東京都側の街の明かりだろう。

「来てくれ、瀬名一尉」

萬田路人が、手にした携帯を振るようにして促した。

先に立って、暗闇の奥へ進む。

(…………)

私は、遠くの灯火は見ないようにして、目を暗順応させた。

足を踏み出すと、砂利道は整地された土の表面に変わった。

本能的に、周囲を耳で探るが。

私と前方の萬田、後方の車から降りる依田美奈子のほかに、周囲の闇の中に人間の気配は無い。

萬田の長身の背中は、土のフィールドへ二〇メートルほど歩み入ったところで、立ち止まる。

背後からは、三歩後れた間合いで軽い体重――依田美奈子の気配が続く。振り返って、いちいち見るまでもないが、二十代の女工作員は呼吸が少し速い。

後方を警戒しつつ、緊張しているのか。呼吸に出るところは新人だ。

「瀬名一尉」

私が横に立つと。

萬田はまた携帯の画面を見ていた。

諜報のプロはスマートフォンを使わない、という。電話を何者かに丸ごとコピーされ、本人に成りすまされる危険があるからだ。

「また別の知らせだ。悪い」

「……？」

「別の工作員から知らせて来た」

画面の文面から目を上げ、萬田は言った。

「主権在民党の塩河原清美《しおがわらきよみ》が、たった今、東京を離れた。平和世界党の水鳥《みずとり》あかねも同行している。羽田から伊丹《いたみ》行きの便に乗った」

「それが」

私は萬田の横顔を見る。

どうして、悪い知らせなのか――

さっきから、わけが分からない。

「あんたが説明すると言うから、車に」

「分かっている」

萬田はうなずく。

「順序立てている暇がない。大事なことだけ言おう。いいか。今の時期、国会は本会議の真っ最中だ。であるから野党第一党の、国会対策委員長の役職にある議員が、たとえ自分の地元選挙区へ行くとは言え、東京を一晩も留守にすることはあり得ない。塩河原清美は当選十回、主民党の実力者で国会対策委員長。水鳥あかねも平和世界党の副代表。水鳥は栃木一区の選出だ。大阪は、選挙区ですら無い」

「……？」

「それらが、二人そろって大阪へ行った。いや逃げた」

「？」

「今の時期、永田町には、衆参両議院の国会議員ほぼ全員、総理を始め政府の閣僚全員と、質問対策のため各省庁のエース級の官僚たち全員が集まっている。昼夜を問わず、永田町と霞《かすみ》が関《せき》が動き続けている。その場から、塩河原と水鳥だけが今夜、抜けて逃げた」

「……？」

「今夜から明日の朝にかけてが、危ない」

何を言っている……？

訝《いぶか》る私に
「瀬名一尉」

萬田は私を見て、言った。

「仮に北から東京へ向けて、同時に十発が発射されたとする。探知は直《ただ》ちになされるが、日本海のイージス艦に撃《う》ち墜《お》とせるのは十発のうち、せいぜい四発だ。最低でも六発が東京へ向かう――市ケ谷のＰＡＣ３が最大限稼働したとして、その六発のうち墜とせるのは三発がいいところだ。残り三発は、発射後わずか七分で永田町と霞が関に着弾する。北朝鮮の中距離弾道ミサイルに積まれる核弾頭の威力は、少なく見積もって一発あたり十五キロトン。三発同時におちて四十五キロトン。もしも同時に発射されるのが十発ではなく、二十発だったら……？　迎撃できる数は変わらない。永田町へ集中しておちるのは少なくとも十三発の原子爆弾。威力は合計二〇〇キロトンだ」

「…………」

「それがおちた後。生き残った国会議員が、たまたま大阪へ行っていた塩河原清美と水鳥あかねの二名だけだった場合。緊急にわが国は次の臨時総理代理を決めなくてはならないが、首班指名を受けて総理臨時代理に就任する資格を持つのは塩河原と水鳥だけだ。文民統制のもと、自衛隊に命令する権限を一手に握るのも――」

「何を」

何を言っている……⁉

だが萬田は続ける。

「北が日本へミサイルを撃ち込んだり、あるいは万一、核を使用したりすれば。そんな暴挙に出れば、次の瞬間には北朝鮮という国自体がなくなる――そうは言われて来た」

話す萬田の頭上から、ボトボトと空気を重く叩くような響き。

上空の闇から、急速に近づいて来る。

やはり爆音は二つ――中型以上の、二機のヘリコプターだ。

「これまでは、確かにそうだった。だが今、情況は変わった。北朝鮮はアメリカまで届く核弾頭付きのＩＣＢＭ――大陸間弾道ミサイルを保有してしまった。もしも核攻撃されたのが東京の都市部だけで、在日アメリカ軍基地がすべて無事であったならば。アメリカ軍は何もせず、ただ日本から撤退する。北に報復することで、本国が直接に核攻撃されるリスクは冒せない。日米安保条約の存在にかかわらず、何もしないで、ただグアムまで退却するだろう。中国の北京政府も、ロシアも北へは手を出せない。アメリカへ届くミサイルは当然、北京へもモスクワへも届く」

萬田は、自分の手の中の携帯を私に示した。

その頭上から、風圧が押し寄せて来た。

ボトボトという爆音。

「〈奴ら〉は、やるつもりだ」爆音に逆らい、萬田は声を強めた。「あの三代目が亡命を求めて来たのは、単に独裁者でいるのが嫌になったせいではない。このままでは殺される――〈奴ら〉に殺される。そう判明した。だから我々に助けを求めて来た」

「――――」

奴ら……？

眉をひそめ、見返すと。

その萬田の横顔の向こうから風圧が押し寄せ、ずんぐりした黒いシルエットが野球場の中央に、やや機首上げ姿勢になって降着する。

立っていられないほどの風圧。

(……くっ)

私は目を見開く。

標識灯を点けていない……?

真っ黒い影に見えた機体は、シルエットに見覚えがある――ベル212だ。

自衛隊ではUH1という呼称で使われている。中型の汎用輸送ヘリコプター。

それが、機体尾部の航行灯も、胴体下面にあるはずの衝突防止灯も着陸灯も点灯させず、ただ真っ黒いシルエットとして闇夜を飛行して来て、ここへ降着したのだ。

タービンエンジンの回転を緩めず、野球場のフィールドの中央にローターを回転させたまま停止する。

(この暗闇に、着陸灯を使わず――電波高度計だけで着陸した……?)

私は目をすがめ、機首のコクピットの辺りを見た。

ヘリコプターは、通常、夜間に着陸する場合は下向きに強力なライト――着陸灯の光の束を出して照らす。地面との間合いを目視で摑《つか》み、安全に着陸操作をするためだ。照らさなければ、この場所のような照明の無いフィールドは、真っ黒い沼のように見えるはずだ。降りて行くと、地面がどこにあるのか、分からなくなる。コクピットには地面との間隔を一フィート単位で表示する電波高度計が備わってはいる。しかし、その表示だけを頼りに機体を降ろすのは、至難だ。

こんな芸当が出来るのは――

〈幹部レンジャー課程〉で、UH1には何度も便乗した。すべて夜間の飛行だった。空中に停止したヘリから、〈敵〉のいる施設へロープで強行降下する訓練だった。

その時は、後方から操縦の様子を眺めただけだったが……。

（……!?）

目が暗順応したせいで、機体の表面が見える。

真っ黒いシルエットに見えたが――黒い機体ではない。それに、陸自の機体でもない。こんな着陸が出来るのは、パイロットが暗視ゴーグルをつけている陸上自衛隊のUH1だけだと思ったが……。

ずんぐりした胴体は、青色と銀色に塗られている。自衛隊機ではない。

「先に行く」

萬田が言い、振り返って「依田」と呼んだ。

「依田、頼む」

「はい」

若い女工作員は、私の背後をガードするようなポジション（ガードする役目と、私が逃げ出さないよう止める役目もあったのだろう）から、萬田の側に歩み寄る。

「これに、すべて入っている。頼む」

萬田は上着の内ポケットからタブレット端末を取り出すと、女工作員へ手渡した。

「マニュアルも、すべてだ。瀬名一尉に説明してくれ」

「分かりました」

依田美奈子がうなずくと。

「瀬名一尉」

萬田は私に告げた。

「後から来る、二番機に乗ってくれ。出発地点で会おう。私は〈姫〉をお連れする」

「……？」

何だ。

今、何と――？

だが
「頼む」

それだけ言うと、上着をなびかせながら行ってしまう。

青と銀の機体の横腹の扉がスライドし、萬田の長身を迎え入れる。後部キャビンの人影が見える。黒い戦闘服のようだが――自衛隊ではない。

ちら、と見えたが。すぐに萬田を呑《の》み込み、扉は閉じられる。

「先行した〈回収班〉は」

私の横で、依田美奈子が言う。

「一般の人たちを驚かせないよう、平服で行きましたが。彼らは戦闘服です」

「――？」

ほとんど同時にタービンエンジンの回転が上り、二〇メートル向こうで無灯火の機体が浮き上がる。ぶぉっ、と風圧を叩きつけて姿勢を変え、大きく右へ傾きながら急上昇して行く。

続いて、次の機体――二機目の同型ヘリ、もう一機のベル212が風圧を叩きつけて降下して来た。野球場のフィールドの中央に、同じように巧みに降着する。

「行きましょう」

5

「乗って下さい」

依田美奈子は、私の横でタブレット端末――小型のアイパッドか――をショルダーバッグへしまいながら言う。

普通の女性と同じように、美奈子は、左の肩から細いストラップで小振りの革製ショルダーバッグを提げていた。

二機目のヘリの、ローターのダウンウォッシュの中、脇を締めるようにして風圧に持って行かれないようにしながら、タブレットを右手でバッグへ押し込む。

「早く。お願いします」

「――――」

私は、目の前二〇メートルの位置で半ば浮き上がるような姿勢でソリを地面に着けているベル212と、横の美奈子を交互に見た。

たった今の、萬田の話は。

にわかには信じがたいが――

(――――)

真珠は。

そうだ……。

私は、さっきの娘の寝顔を一瞬、頭に浮かべた。

あの八神透子が、今夜も預かってくれるという。それも今回は、警察の組織から真珠の警護を任務として命ぜられるはずだと言う。

任務として警護するなら。透子は、空港警察署のルーティーンからは外れられる。東京を離れることも可能だろう。

東京から、逃げてくれるといいが……。

電話をしたい。

だが
「――分かった」

私は、依田美奈子が右手を脇のバッグに突っ込んだままでこちらを見ているので、息をついた。

電話は、したいが。

「分かったから、バッグの中の銃は放せ」

「――――」

今度は美奈子が、大きな目で私を見返した。

美奈子は、バッグに手を入れたままだ。タブレットを突っ込んだその右手で、バッグの中に隠し持った小口径の自動拳銃《けんじゅう》を握っているのだった。

指の動きが、ちらと目に入った。

私が、ヘリに乗らずに逃げようとしたり、あるいはどこかへ電話でもしようとしたら制止するつもりでいるのか。

「の、乗って下さい」

「おい、装弾しているのか？　その銃」

私は顎で、美奈子の脇のバッグを示した。

女工作員が、もし薬室に初弾を装塡《そうてん》した状態で、自動拳銃を持ち歩いているとしたら。

あまりそばにはいたくない。

「危ないから、薬室の弾丸は出してくれ」

「乗って下さい」

美奈子は、私を見返して繰り返した。

まるで狐《きつね》に立ち向かおうとする栗鼠《りす》のように、睨む。

右手はバッグに入れたままだ。

「あなたに、乗って頂かなくてはいけません。瀬名一尉」

「分かった」

私は肩をすくめた。


ローターのダウンウォッシュが頭の上から吹き付け、髪の毛を持って行こうとする。

風圧に逆らって一歩踏み出すと、ベル212の胴体横腹の扉がスライドした。

黒っぽい人影が見える。シルエットは、戦闘服か。

(……SATか?)

機体は陸自のものではない。近寄ると横腹に〈警視庁〉の文字。

警視庁航空隊の機体……。

「そうか」

合点が行った。

萬田は警察官僚だ。ＮＳＣは、活動には既存のものを徴用すると言っていたが——

自らの手足とするなら、取りあえず陸自よりも警察の方が使いやすいのか。

後部キャビンの開口部へ近づくと、黒い戦闘服は右手を出し、デッキへ上がるのを手助けしようとした。

私は手で『いい』と断り、一挙動で飛び乗った。

戦闘服は、やはりＳＡＴ——特殊強襲部隊の隊員だ。黒い防弾プロテクターに『ＭＰＤ警視庁』と白抜きの文字。せっかく黒装束で視認性を下げているのに、白抜きの文字は目立つ（陸自での訓練を受けた身には、奇異に映る）。

隊員は、声は出さないが、ヘルメットの下の目を見開いて私を見た。

スーツ姿の私が、ヘリのデッキへ飛び乗るのに慣れていることに驚いたのか。

続いて、依田美奈子が隊員の助けで引き上げられ、スカートの脚がデッキに乗る。

その様子を、コクピットからミラーで見ていたのか。

キャビンにいた隊員が合図をするまでもなく、ベル２１２の機体は尾部を上げるように前傾すると、次の瞬間、浮揚した。

「ＮＳＣ、依田です」

急坂のようになったデッキでバランスを取りながら、美奈子は上着の内ポケットから身分証らしきものを取り出すと、広げてSAT隊員に示した。

「ご苦労さまです、よろしく」

「はっ」

若い隊員は、上下に開く形の身分証を一瞥《いちべつ》すると、敬礼した。

キャビンには赤い小さな非常灯が一つ。身分証に記された細かな文字が読み取れるとは思えないが、そこに階級章が表示されていたらしい。

自衛隊と同様、警察も階級社会だ。

引き上げた二十代半ばの若い女性が、自分よりも遥かに上の階級の警察官と知ったのだろう、隊員は丁寧な仕草で「お座りください」と簡易座席を指した。

「山を越えていきます。かなり揺れます」


「どこへ行くんだ」

ハンモックのような造りの、ヘリの簡易座席は懐かしい感触だ。

もちろん、苦しかったレンジャー課程の訓練を懐かしむ余裕もない。

前傾する床へ押しつけられるような加速感が止み、ヘリが水平飛行に入ると、私は隣り合って座る依田美奈子に問うた。

まだ、行き先すら――いや、何のために飛ばされるのかすら、知らされていない。

「出発地点、と萬田が言っていた」

「その通りです」

美奈子はうなずく。

左の脇にしっかりと挟み込んだバッグに、また右手を入れる。

「今から説明を――席を外して下さい」

席を外して欲しい、というのは、はす向かいの簡易シートに収まったSAT隊員に向けて言ったのだった。

SAT隊員一名は、このヘリに便乗させる部外者――私と美奈子のことだ――の安全を確保するため、保安員の役を命ぜられているのだろう。

おそらく、この隊員もコクピットにいるパイロット二名も『川崎市の河川敷で部外者二名を拾い上げ、指定された目的地へ運べ』という指示だけを受けている。私と美奈子の素性も知らされていないに違いない。もちろん、さっき萬田の口にした『危機』のことも知るはずはない。

「は、は」

若い戦闘服の隊員は、戸惑った印象で立ち上がる。

何となく、私の方を見た。

私がヘリの搭乗に慣れている、何らかの技能を持った人間と分かるのだろう。

私が『構ってくれなくて大丈夫だ』という意味でうなずくと
「は。では、失礼します」

隊員もうなずいて敬礼し、キャビンの前方ハッチを開いて操縦席の方へ移った。

「瀬名一尉。今回、わたしたちがお願いする仕事は」

美奈子は、タブレット端末を開きながら言うが
「その前に」私は美奈子のバッグを指した。「君の銃の薬室に入っている弾丸を出せ」

「…………」

美奈子は手を止め、不服そうに私を睨み返した。

意外に、顔に感情が出る。

「いいか」

その顔に、言い聞かせた。

「自動拳銃に初弾を装填したままにしておいて、不意の格闘の乱戦になり、暴発し、自分が大けがをした奴を知っている。これから、何が起きるか分からないのだろう」

「……わかりました」

美奈子は唇を噛むと、革製のバッグから黒い小型のベレッタを摑み出し、素早い動作で弾倉を抜くと遊底をスライドさせ薬室内の弾丸を排出した。キン、と音を立てて一発目の九ミリ弾は床におち、キャビンのどこかへ転がって見えなくなる。

一挙動で弾倉が戻され、黒い銃はバッグへ消える。手つきは訓練されている。

技量には自信を持っているのか。

「瀬名一尉。お願いする仕事は、飛んで頂くことです」

美奈子はタブレットを手に、あらためて言った。

「自衛隊は行けません。あなたにお願いするしか、ありません」

「どこへ飛ぶんだ」

「ここです」

美奈子は画面を開くと、表示された地図を私に示した。

グーグルのマップだ。また、赤い風船のような印。

しかし今度は縮尺が大きい。地図は日本の西半分と、日本海と、朝鮮半島。

風船は、朝鮮半島の中央のくびれた辺りから、やや上――中央よりも西寄りの位置から生えている。

「ここへ飛んでください。機体は用意してあります」

「――――」

私は眉をひそめた。

半島の内陸……？

そこは。

まさか平壌《ピョンヤン》の、郊外……？

北朝鮮のど真ん中じゃないか……。

君が引き受けてくれないと、最悪の場合、東京が地上から消え、る、、、――

萬田の言葉。

危機が、日本に――東京に迫っているというのは、本当なのか。

「さっき萬田の口にした情報は、本当なのか？　東京が、今夜から明日にかけて二十発の核ミサイルで攻撃される」

「『早ければ』今夜から明日朝にかけて、です」

美奈子は訂正するような口調で言った。

「班長は、最悪の場合を想定して言っています。北の中枢部が、〈敵〉の勢力によって完全に支配されれば、本当に今夜にも一斉に発射される可能性があります」

「……〈敵〉？」

私は眉をひそめる。

今度は、〈敵〉。

萬田の口にする〈奴ら〉のことか。

北朝鮮の中枢部が、何者かに支配される……？

その何者かが、東京に向かって核ミサイルを発射させると……。

「瀬名一尉」

「何のために」

美奈子は言った。

「見てください」

「ちょっと待て」

タブレットを示そうとする美奈子を止めた。

「政府は、どうするんだ」

「ＮＳＣから、官邸へ情報は上げています」

「――――」

「政府が、総理がどうされるかまでは。わたしには」

「――――」

「見てください」

女工作員は、指を画面で滑らせる。

一枚のモノクロ写真が現われる。

人物の上半身だ。

この人物が、何だと言うのだろう。

東洋人の男――年齢は五十代か。

「シン・ジョンソクです」

「シン――」

「シン・ジョンソク。北朝鮮・朝鮮労働党の、ナンバーツーでした」

美奈子は過去形で言った。

「先月、粛清されました。亡命して来た、あの彼——三代目の最高指導者によって、見せしめのようにして惨殺されました。彼の『実の叔父《おじ》』と言われる幹部です」

シン・ジョンソク……。

美奈子が口にしたその名には、聞き覚えがある。

一連の北朝鮮に関わる報道の中で、耳にしたと思う。

あの国の若い三代目の最高指導者は、無茶をやる——自分の気にいらない党や軍の幹部を次々粛清し、その中には、彼の『叔父』に当たる者もいた。

三代目は、特にその『叔父』に対しては、縛り上げたところへ対空機関砲を向け放ち、一瞬にして肉体を粉砕するという残酷な処刑を行なったという。

この写真の男が、その『叔父』なのか。

「この幹部は」

美奈子は続けた。

「旧来から、中国との間に太いパイプを持っていました」

「——」

「と言うか、この幹部そのものが中国とのパイプだった、と言われます。しかし正確ではありません」

「正確ではない……？」

「その『中国』とは、北京政府ではないのです」

「？」

「シンは、北京政府ではなく、中国東北部の瀋陽《しんよう》軍区に拠点を持つ『ある勢力』とのパイプでした。二十年ほど前から」

「………」

「かつて一九九〇年代に、北朝鮮の核兵器開発は、アメリカの圧力によって一度ストップしています。カーター元大統領が訪朝して交渉し、核開発を止める代わりに、北朝鮮には軽水炉と原油が供与されました。わが国もその事業に五〇〇億円を提供しています」

美奈子が指で画面をめくると、いくつかの新聞記事のコラージュが出た。

KEDO、か……。

見覚えがある。

確か、民生用の原子炉や原油などを供与する引き替えに、北朝鮮に核兵器開発を止めさせるという、国際的な取り組みだった。アメリカ・韓国・日本が資金を出した。

一度は、北の核兵器開発は止まったかに見えたが……。

「一度は止まった核とミサイルの開発を、水面下で継続させたのが中国です」

美奈子は続けた。

「資金と技術を提供し、プルトニウムの抽出とロケットの開発を続けさせた。しかしこの『中国』は、北京政府ではありません。北と国境を接する、瀋陽軍区のある勢力です」

「……ある勢力？」

「北京政府は、もとから北朝鮮の核保有など全く認めていません。日・米・韓と同様に、一貫して『止めろ』と言い続けています。しかし北京は、瀋陽軍区を根城とするこの勢力の活動をコントロール出来ません。なぜなら――」

美奈子が画面をめくろうとした時、キャビン自体がぐらっ、と揺らいだ。

「きゃ」

持ち上げられ、傾く――Gがかかる。まるでテーマパークの乗り物のような動き。

美奈子はアイパッドを左腕で抱え、右手で簡易シートのサイドバーにつかまった。

私は両目の端で暗がりの中に仮想の水平線を引き、身体のバランスを保つと同時にヘリの機体姿勢を把握する。

今、下方からあおられ、左へロールしながら、五〇フィートほど瞬時に持ち上げられた――パイロットの操作ではない。

山岳気流か……？

ベル２１２の機体は、パイロットによって回復操作がされ、水平姿勢を取り戻す。

だが今度は沈む。

マイナスGで、身体が浮く。

この揺れは。

(さっきの、あの隊員――)

山を越えて行く、と言っていた。

頭で、離陸してからの時間を測る。あの川原からもし北へ向かった場合、まだ首都圏の都市部にいる。

ならば機は、西へ向かっている――東京西部に広がる山岳地帯か……？　低空で、這うように山間へ入って行くのか。

外は見えない。しかし谷を縫うように飛べば、上向きと下向きの気流に交互に翻弄されるのが山間独特の気象だ。

さらに揉《も》まれるようにキャビンは上下する。

「――な、なぜなら、この勢力を支配するのは」

美奈子は顔をしかめ、続けようとするが
同時に何かに気づいたように、上着の胸を押さえた。

内ポケットから携帯――スマートフォンを取り出す。

振動している。

着信のようだ。

「――――」

女工作員は、スマートフォンの面《おもて》を見るなり、耳に当てる。

横で見ている私に、何か断ることもしない。

「――はい」

携帯を耳に当てた横顔が、途端にこわばる。


「どうした」

私は、その横顔に問うた。

大きな目を見開き、美奈子は「は、はい」とだけ携帯に応えるが。

一瞬、どうしよう……？　と戸惑うかのように目が泳ぐ。

「わ、分かりました。了解しました。ひとまず、切ります」

携帯を切る。

美奈子はタブレットを座面に置くと、同時にハーネスを外して立ち上がろうとする。

だがヘリがまた大きく傾く。

「きゃっ」

「おい」

私は左腕を伸ばし、転び掛けた細い身体をつかまえ、支えた。

「しっかりしろ」

何が起きた……？

「また何か、起きたのか」

私は抱きとめた美奈子に問うが
女工作員は、もがくように立とうとする。

「へ、ヘリの機長に、指示、ただちに引き返して向かうように」

美奈子は私には応えず、自分に言い聞かせるかのように口を動かした。

「行かなくちゃ。コクピット――きゃ」

6

ヘリの機体が大きく傾《かし》ぐと、女工作員はまた小さく悲鳴を上げた。

萬田は、『優秀』と評していた。

素質を認められ、本人にやる気もあるのだろう。

しかし二十代半ばと見られる、この依田美奈子（八神透子とは警察学校で同期だったらしい）が、いったいどのようなモチベーションで国家機関に所属し、生命の危険を伴う任務に就いているのか私は知らない。

少なくとも、私が防大を志望した時の気持ち――〈怒り〉ではないだろう。

美奈子の表情や行動から、そのようなものは感じられない。

萬田は、私に『平和憲法に煮え湯を呑まされた君なら』と口にした。

うまい表現をする。

どのくらい、私のことを調べたのか。

真珠が実の娘ではないこと――私が結婚した経験も無いということも、あの男の言動を聞いていると、知っているようだ。

煮え湯、か……。

だが、空自で――沖縄の空域であのような目に遭わされるずっと以前から、私は少なからず怒っていた。だから――

(――だから、レンジャー課程なども)

またヘリが大きく右へぐらっ、と傾いだ。

「頭を動かすな」

私は、腕に抱きとめた女工作員に言った。

悲鳴を上げかけ、こらえている。

その耳に告げた。

「いいか。転びたくなければ、目の前に仮想の水平線を引け。その線を視野一杯に伸ばし、両目の端で摑め」

「…………」

細い身体の依田美奈子は、肩を上下させ呼吸した。

スリムだが——抱きとめていると分かる。筋肉はある。

肩を上下させながら、顎を引き、私の教えた方法をその通りに試したらしい。揉まれるように揺れ続けるヘリのデッキに、ふらつきながらも立った。

「よし、それでいい」

私は美奈子の身体を放すと、自分も立ち上がった。

「この機のパイロットに、何か指示をするのか」

「……そうです」

「分かった」

もしも飛んで行く目的地を変更するのであれば、機長に指示するのは早い方がいい。

このベル212は——体感では時速一五〇ノット近く、出している。

私が『何が起きているのか説明しろ』と強要し、何十秒もロスすれば、それだけ違う方向へ進んでしまう。

どこがヘリの〈目的地〉なのか、まだ知らされてもいないが——

「コクピットへ行こう」

情況を聞きただすのは後回しにし、操縦室へ行くことにした。山岳の谷間を縫うように飛行するヘリのデッキは、まるで荒馬の背中に手放しで立つような感じだ。

それでも私が先に立つと、美奈子はふらつきながらもついて来た。今度は転ばない。

「その前に、君の身分証を見せてくれないか」

「はい？」

「さっき出しただろう。身分証だ」

私はコクピットとキャビンを隔てるハッチに手をかけながら、振り向いて美奈子に促した。

パイロットに指示をするなら、やりようがある。

もしも私が、このヘリの機長だったなら。

覆面パトカーの警官のようには行かない。生命がけの操縦をしている最中、素姓の知れぬ若い女が背後からふらつきながら何か言って来ても、取り合わない。

美奈子は、バランスを取りながら右手を内ポケットに入れ、先ほど添乗のＳＡＴ隊員に示した身分証を出した。

上下に開く、警察官が所持しているバッジと呼ばれる物だ。

赤い非常灯の下で一瞥すると、警察官の制服を着用した美奈子の上半身の写真と共に、階級章、所属が記載されている。国家安全保障局とはどこにも表示されていない。所属は『警察庁』となっている。階級は警視。

警視……。

萬田が『警察庁のキャリアとして採用し直した』と口にしていたが――

私は「分かった」と美奈子にうなずくと、向き直ってハッチを開いた。

途端に、白い水蒸気の奔流が闇の奥から押し寄せる、前面視界が広がった。

タービンエンジンのかん高い排気音。

風切り音とともに押し寄せる水蒸気は、山間に立ちこめる靄《もや》か。風防に当たり、なぶるように唸《うな》っている。

ヘリのコクピットは、固定翼機に比べると格段に視界が広い。もちろん、涙滴型キャノピーに覆われた戦闘機とは比較にならないが――しかし昨夜自分で操縦したMD87旅客機に比べると、操縦席の腰から上がすべて窓、という印象だ。

やはり山間の谷間を、低空で這うように縫っている……？　川崎市の川原から飛び上がって、すぐ山に入ったということは、丹沢《たんざわ》山塊を西へ抜けようとしているのか。

コクピットの前面風防は視界は広いが、何も見えていない。

闇だけだ。

機体は上下左右に揉まれ、闇の奥からは絶え間なく白い水蒸気が押し寄せる。

左右の操縦席には二名のパイロット、そして先ほどのSAT隊員が後方のジャンプシートに着席していた。

パイロット二名は、SAT隊員と同じ黒い戦闘服だ。そして予想した通り、ヘルメットの下には暗視ゴーグルを装着している。

身を屈《かが》めてハッチの開口部をくぐると、SAT隊員が振り向いて私を見た。

私は手で『構わなくていい』と制すると、続いて美奈子をコクピットへ招じ入れた。

「機長」

立ったまま、左側操縦席の背に呼びかけた。

「こちらの依田警視から、命令の変更がある」

すると
左側操縦席で左手に操縦桿、右手にコレクティブ・ピッチレバーを握っていたパイロットが「ユーハブ・コントロール」とコールした。渋い声だ。

右側操縦席の若いパイロットが反応し、右手に操縦桿、左手にピッチレバーを持つ。

「アイハブ・コントロール」

有視界で低空を飛行するヘリは、もちろん自動操縦など使えるわけがない。

正操縦士から副操縦士への操縦の受け渡しも、慎重に行わなければならない。

右側操縦席の若いパイロットが、確実に操縦を引き継いだことを確かめると、左側操縦席のパイロットは両手を操縦桿とピッチレバーから放し、私たちを振り向いた。

ごつい暗視ゴーグルを、両手でヘルメットの目庇《まびさし》に上げ、窮屈そうに敬礼した。

「機長の子門《しもん》です」

四十代らしい、一目でベテランと分かるパイロットだ。

このような、公にできない飛行任務に出て来たのだ。警視庁航空隊の組織でも、立場のある人間なのだろう。声が嗄《しやが》れたように渋いのは、普段は若いパイロットたちを怒鳴っているせいか。

「NSC、依田警視です。ご苦労様です」

美奈子は左手で壁際のバーにつかまり、ぎこちなく答礼した。

上下左右に揉まれるヘリのコクピットで、ふらつきながら言う。

「飛行コースの変更を、要請します。ただちに引き返し、横浜港へ向かって下さい」

「横浜港……？」

機長は、渋い声で訊き返した。

不審げな表情になる。

「岐阜基地へは、向かわないのですか」

「横浜港で、人員を揚収し、その後、向かって頂きます」

美奈子は命令ではなく『要請』という言葉を使った。

確かにこのヘリは、警視庁航空隊に所属しており、航空隊からの命令を受けて出動している。

命令を変更する権限を持つのは、本来は航空隊司令だ。

しかし

「飛行コースの、変更ですか」

中年のパイロットは、不審な表情は崩さないが、丁寧な口調で繰り返した。

今夜は極秘の飛行任務を命ぜられ、多摩川の河川敷から私と美奈子を拾い上げた。

彼ら二名の警視庁パイロットには、何のために私たちを乗せて運ぶのか、知らされてはいまい。

さっきの神奈川県警の覆面パトカーの警官を思い出す。

おそらく、私と美奈子の素姓も彼らは知らない。

しかし先ほど、美奈子が添乗のＳＡＴ隊員に身分証を示して名乗った。重ねて私がコクピットで『依田警視』と呼んで見せた。機長は美奈子を、警察庁本庁のキャリア官僚だと認識したのだろう。

このフライトは政府の主導する、何らかの特殊任務と思っただろう。

「横浜港へは、一番機が向かったはずですが」

「一番機は現在、飛行不能に陥っています」

「……!?」

機長は、細い鋭い目を見開いた。

驚いたのは、私も同じだ。

美奈子は今、何と言った……？

ついさっき後方のキャビンで、携帯を耳に当てて表情をこわばらせていた。

いったい、誰から、どんな連絡を受けたのか。

「機長や、美奈子が言う『一番機』とは──おそらく河川敷で先に萬田を乗せ、離陸して行った同型機のことか。

（……萬田は横浜港へ向かった……？）

後で合流する、とも口にした。

その一番機がいま『飛行不能』……⁉

飛行不能とは、何を指すのか。

萬田は横浜港へ何をしに行ったのか。

「わたしのところへ、緊急の連絡が入っています」

美奈子は携帯を手に示し、繰り返した。

「横浜港のみなとみらい地区へ──パシフィコ横浜・国立大ホールの屋上です。ただちに引き返し、向かって下さい」

美奈子は、聞いたことのある施設名を言った。

パシフィコ横浜──

確か、横浜港に隣接する大規模な見本市会場の類《たぐい》だ。

そこの大ホール……？

訪れたことは無い。しかしイベントやコンサートの会場として、よく耳にする。

そこに、萬田を乗せて行ったヘリがいると言うのか……？

（何のために、そんなところへ）

右席の副操縦士が口を開いた。

「機長」

前方へ顔を向け、両手で操縦を続けている。頭は動かさない。

暗視ゴーグルは、赤外線の視野で暗闇を見通すことが出来る。このような状況下でも、彼には前方の地形が見えている。

その代わり暗視ゴーグルは、視野が狭い。レンジャー課程ではよく使ったが、基本的に双眼鏡を覗いているのと同じ視野になり、自分の横の方は目に入って来ない。横を見るには、頭を回さなければならないが、そうすると前方が目に入らない。

「一番機を呼び出すか、あるいは本部へ連絡を取ってみますか」

私よりも若い副操縦士は、乗せた警察庁の幹部が突拍子もないことを言い出したので、とりあえず僚機を呼ぶか、航空隊の本部へ問い合わせてはどうかと具申した。

当然のことだろう。

美奈子の要請は、正規の指揮系統からの指示ではない。彼らに命令をするのは、正体の分からない女キャリアではなく、あくまで警視庁航空隊だ。

しかし
「駄目だ」

機長は頭を振る。

「岐阜へ着くまで、無線の送信は封鎖する。それが命令だ」

「は、はい」

美奈子の口にした『飛行不能』とは、何を指すのか。

ついさっきの着信は、萬田からの通話だったのか……？

この機と、もう一機。警視庁に所属する二機のヘリは、互いに連絡は出来ないらしい。

機長の言葉では今回の任務中、無線で連絡することは禁じられている（警視庁航空隊といっても、第三者に傍受されない暗号化された航空無線など装備していないだろう）。

「飛行不能って」

ジャンプシートのＳＡＴ隊員が、思わず、という感じで言いかけた。

しかし
「あ、すみません」

すぐに口をつぐんだ。

「あなたが携帯で受けた連絡が本当なら」

機長は、窮屈そうに振り向いた姿勢のまま言った。

「僚機が、危難に遭っているのなら。むしろこちらから願い出て、救援に向かいたい」

「はい」

美奈子はうなずく。

「たった今、現地――パシフィコ横浜に到着した一番機に同乗しているNSC情報班長から、要請がありました。目的の人員を回収するも、〈敵〉の攻撃により一号機は飛行不能。至急、二号機に揚収を要請したいと」

「――――」

「――――」

二名のパイロット、そしてジャンプシートのSAT隊員も、一瞬絶句した。

私も同じだ。

（……また〈敵〉？）

何のことだ。

しかし機長は、訊き返さなかった。

「わかりました」

振り向いたまま、美奈子にうなずいた。

「私の責任で、横浜へ向かいます」

「ありがとうございます」

「お願いがある」

「はい」

「我々は、無線の送信を禁じられている。引き続き低空で飛行しますから、携帯の電波は入ります。一番機と、現地の情況につき出来る限り、情報を得て頂けないか」

「はい」

美奈子がうなずくのを確かめると、機長は今度は私を見た。

「それから」

「あなたは、陸自か」

「……？」

一瞬、また絶句してしまう。

陸上自衛隊の所属か、と訊かれた。

機長は、おそらく河川敷で私がデッキへ飛び乗る様子を、操縦席横に突き出したミラーで見ていたのだ。

それだけで、素人ではないと感じたのだろう。

「機長。申し訳ないが」

素性は言えない、というニュアンスで応えると
「わかりました」

機長はうなずく。

「我々が受けた命令は、二機で多摩川と横浜からそれぞれ人員を揚収、航空自衛隊の岐阜基地まで移送すること。岐阜への行程では山の稜線より下の高度を飛行し、無線を使わぬこと。それだけです。それ以外は、何も知らされていない」

「…………」

私は黙ってうなずいた。

予想した通りか。

しかし、横浜に向かったもう一機が揚収する人員とは、何者なのだ……。

「あなたに一つ、お願い――要請があるが」

「何ですか」

「私は、この機を預かっている」機長は自分を指した。「少なくとも、この機の上にいる間は、機長である私と、そこの保安員の指示に従い、勝手な行動は慎んで頂きたい」

自制して、丁寧な口調を使っているが。

その細い鋭い眼《め》は、私を睨んでいた。

気に入らない――目がそう言っている。

こういった特殊任務につくヘリに、乗り慣れている。しかし一目見れば、警察官でないことは分かるのだろう。ならば、陸上自衛隊の人間か――

機長の推察は、少なくとも間違いではない。羽田の会社の私のロッカーには、鷲《わし》が爪《つめ》で桜を掴むウイングマークと並べ、ダイヤモンドを月桂樹で囲んだバッジを一個、保管している。それがある限り、私は陸上自衛隊の認めたレンジャーであり続ける。

たった今、私のような三十代の自衛官らしき若造から『この女キャリアの命令に従え』と強要された。

面白くはないだろう。機長――子門と名乗ったか――の鋭い眼は「これ以後、俺の機の上で勝手な真似《まね》はするな」と言っていた。

「承知した」

短くうなずくと。

機長もうなずき、操縦席に向き直った。

「アイハブ・コントロール」

左手に操縦桿、右手にコレクティブ・ピッチレバーを握る。機長がいま口にした「アイハブ・コントロール」とは『自分が機をコントロールする』という宣言だ。

「ユーハブ」

副操縦士が、手を放す。

途端に前面視界で、白い水蒸気の奔流が下向きに流れた。

（……!?）

ぐんっ、と下向きG——床に押しつけられるような運動荷重がかかって、つかまる物のなかった私は床へ転びかけた。

横で依田美奈子が「きゃっ」とまた小さく悲鳴を上げる。

ヘリが急激に、大きく機首上げした——それだけ分かった。下向きに押さえつけられるGと共に、コクピットの床面が急な上り坂のようになり、ついで大きく右へ傾いだ。

ぶぉっ
前方視界が回転する。白い煙が今度は横向きに流れ、天を仰ぎかけた機首が、右へ傾きながらまるでハンマーでも振るように大きく下方へ——

ハンマーヘッド・ターンか……!?

身体がふわっ、と浮く。

とっさに壁際のバーにつかまり、身体が浮かないよう支えるしかない。

（……く、くそっ！）

操縦桿を取った機長が、途端に旋回ではなく、機首を垂直に近い角度まで引き起こして強引にその場で向きを変えるハンマーヘッド・ターンを行なったのだ。

旋回半径の取れない狭い谷間で、瞬間的に一八〇度、向きを変えるには最適の機動ではあるが——

ざぁあああっ、という風切り音と共に前面視界は激しく左向きに流れ、再び床へ叩きつけるような下向きGと共に、機体は水平姿勢に起こされた。

水平飛行に戻った。

Gが抜け、風切り音は止み、天井からは何事も無かったかのようにタービンエンジンの唸り。

操縦席のナビゲーション・ディスプレーに目をやるまでもない。今の数秒で、機首は一八〇度近く向きを変え、ベル２１２は今来たばかりの方向へ戻り始めたはずだ。

しかし搭乗者に何も告げず、いきなりハンマーヘッド・ターンをかますとは。

四十代の機長は、左席で前方を向いたままだ。無言だがその背中は「どんなものだ」と言っている気がした。

俺の機の上で、勝手な真似をしたら承知しない。

そう戒められた気がした。

しかし、私は「驚いてなどやるものか」という気持ちがわき、呼吸を整えた。努めて平静な声を作り、左席の背中に訊いた。

「機長。横浜港までの所要時間は？」

「急げば十五分」機長は前を見たまま言う。「いや、十三分です」

「分かった」

横の美奈子を見た。

さすがに訓練を受けた工作員か——一瞬は悲鳴を上げかけたが、右手でバーにつかまり身体を支えて立っている。

多少呼吸は速いが、もう立ち姿に余計な力も入っていない。今の急機動で、かえって揺れるヘリのデッキで立つ要領を覚えたか。

「後ろへ行こう」

私は、美奈子に促した。

「話の続きを、聞かせてもらう」

7

込み入った話になる。

そう考え、私は美奈子を促してコクピットから後部キャビンへ戻った。

横浜港——美奈子の口にしたパシフィコ横浜まで、飛行時間は十分と少し。

それまでに、情況を把握しなくては。

また戦闘に、巻き込まれるのか……？

（…………）

いいのか。

一瞬、その考えが頭に浮かぶ。

彼ら――〈巣〉《ザ・ネスト》と呼ばれる組織。現在は内閣府の国家安全保障局ともオーバーラップしているらしい、正体不明の組織が昔からこの国に存在する。

彼らに否応なく使われ、また戦わされてしまうのか。

しかし
（――――）

真珠――先ほど高速道路の非常駐車帯で八神透子に預けた、娘の寝顔が脳裏に浮かんだ。

五歳の女の子は、今は私の娘だ。戸籍上も養子として正式に届けている。

二十発の核ミサイル……。

くそっ……。

「情況を説明しろ」

キャビンの簡易シートにどさり、と身をおちつけると、私は依田美奈子に要求した。

「十分以内に、分かるようにしてくれ」

「はい」

女工作員も、さっき中断させられた説明の続きはするつもりらしい。座席に置いていたバッグから小型アイパッドを取り出す。

呼吸を整えながら、画面を立ち上げる。

「瀬名一尉。北朝鮮という国は」

細い指を、画面に走らせる。

美奈子は色が白く、一見すれば体術に長《た》けているようには見えない。普通の人の目には企業の秘書か、女性の官僚のように映るだろう。

だが私から見ると、同じような訓練を受けたことは分かる。スカートの下へ細く伸びるふくらはぎの内側に、しなやかに筋肉が通り、身体の動きも常人に比べ無駄がない。この揺れるヘリの機内で、ふらつきながらも立って歩いた(普通の女性には無理だ)。

「北朝鮮は、金日成が造りました。彼は実は、陸軍中野学校出身の日本人将校です」

「その話は」

私はうなずく。

「さっき、恩田会長から聞いた」

「その通りです」

美奈子も画面を操りながらうなずく。

「わたしも組織に属するようになってから、先代、先々代の先輩たちから話を聞き、驚きました。驚くことばかり――学校の授業では、そんなことは教わりません」

「――――」

「ずっと前に亡くなったわたしの祖父が、昔は〈巣《ザ・ネスト》〉のメンバーであったこと。恩田会長の右腕と呼ばれていたことも、実は任官してから知ったのです。先ほど萬田班長は『優秀だから引き抜いた』と言われましたが、違います。わたしが〈巣《ザ・ネスト》〉の血筋であったから、引き入れたのです」

そうなのか。

私はちら、と美奈子の横顔を見た。

血筋で、選ばれた……

だが女工作員の出自について、それ以上、聞いている暇もない。

美奈子も同じ考えのようだ。

「瀬名一尉」

話を戻した。

「北朝鮮という国は、日本陸軍の残置諜者であった金日成が建国し、大戦後のいずれか早い時期にわが国が再び大陸へ進出する際の足がかりとなるはずでした。わが国が求めれば合流し、日本の一部となり、その後、満洲からモンゴルへかけて弓なりに勢力を伸ばしていく構想でした」

「────」

金日成という人物────

私は、先ほど恩田啓一郎から車中で聞かされた話を思い出した。

金日成が、実は日本軍の将校であったという話。一度は敗れて残置諜者と呼ばれる、軍が撤退する際に現地へ残していく工作員の存在。撤退した友軍が、再び戻って来る時に備え、現地で密《ひそ》かに情報を集め、工作をする。フィリピンのルバング島に残された小野田寛郎《おのだひろお》少尉という人物が、その一例だ。二十九年間に渡り、たった一人で行動し、現地のアメリカ軍基地に対して百数十回の襲撃を実施している。

金日成もまた優秀な日本陸軍将校だった。彼は、アメリカに支配されるであろう南朝鮮とは別に、いつでも日本と合流出来る北朝鮮を造り、再び共に満洲へ進出出来るよう準備をして待った。

しかし日本は来なかった――

「その構想を知ったアメリカは」

美奈子が続けた。

「急きょ、六日という短期間で占領軍スタッフに日本国憲法を作らせ、わが国に押しつけました。そして先の大戦では『日本だけが悪かった』という教育を、教職員組合の組織を作って全国的に行わせ、わたしたち国民の心に罪の意識を刷り込みました。わたしも、その教育を受けました」

「――」

「金日成は待ちましたが、日本は来なかった。そればかりか、韓国大統領に就任した李承《イスン》晩《マン》が対馬と福岡へ攻め込む動きを見せたため、彼は韓国による日本占領を阻止するために朝鮮戦争を始めなくてはならなくなりました。これですべてが狂いました」

美奈子はアイパッドの画面で指を滑らせる。

画面には、組織の系統図のようなものが現われた。

「朝鮮戦争は、北朝鮮と国連軍との間で戦われました。そのさなか、〈義勇軍〉と称して中国人民解放軍が満洲――現在の瀋陽軍区から半島へなだれ込みました。この時に、瀋陽軍区を根城とする一派が、朝鮮人民軍の内部へ深く入り込み、影響力を持ちました。現在の北朝鮮内部の勢力は三つに分かれます」

「――――」

画面の図を一瞥すると。

北朝鮮を支配する、労働党や人民軍の組織図のようだ。

その頂点には、あの若い三代目の最高指導者の役職名。

「見てください」

美奈子が指でタップすると、系統図が緑、黄色、赤に色分けされた。

「党も、軍の内部も、三つに分かれています。一つ目は緑。金日成の正体を知った上で、彼を建国の英雄として立て、いずれは日本と共に大陸北部へ共栄圏を築こうとする一派。わたしたちは保守派と呼んでいますが、この人たちとわたしたちの組織は、現在でも繋《つな》がりがあります。二つ目は黄色。利権を追い求める一派。彼らは金でどうにでも動きます。最後の赤は、中国の属国となろうとする一派です。ここで言う『中国』とは北京政府のことではありません。瀋陽軍区を根城とする『ある勢力』の支配を受けています。これまで、工作員を使って国外で非合法活動をしたり、核兵器を造って来たのはこの一派です」

「——？」

核兵器を造って来た一派……？

系統図の赤色の部分。

かなり多い——

しかし北朝鮮の核兵器、ミサイルなどは、最高指導者の主導で造られたのではなかったのか？

訝る私に

「これまで、核実験やミサイル実験が成功するたびにTVに姿を現わし、技術者を称《たた》えて拍手していたのは、先代の二代目も、若い三代目も、すべて替え玉です」

美奈子は、組織系統図の赤色の部分を指した。

「最高指導者、本人ではありません。瀋陽軍区の勢力が高度な医療技術をもって、先代についても三代目についても、それぞれ十数人の替え玉を造り出しました。暗殺を防ぐために造ってやった、という建て前ですが、これらの替え玉は、国民を瀋陽軍区のやり方に従わせるための『道具』としても使われました。国民の尊敬の気持ちを利用し、核開発を押し進めたのです。国民も、現場の技術者たちも最高指導者の本人が『核を造れ』と主導していると思い込まされています。実は違います。先代も三代目も、望みは経済発展であり、核武装ではなかった。しかし」

「しかし？」

「瀋陽軍区に支配される一派は、中国貿易による利益を独占し、またパイプラインで北の国内へ原油を供給しています。潤沢な資金で党と軍の組織を浸食し、この動きを先代の二代目は、止めることが出来ませんでした。そればかりか核開発による国際社会からの経済制裁が強まると、北朝鮮の生命線は中国貿易とパイプラインの原油だけになりました。最高指導者と、それを立てる保守派は次第に押され、ついに力関係は逆転しようとしています。見てください」

美奈子は画面をスクロールさせる。

現れたのは、同じ組織の系統図だが——色分けがかなり違う。

「五年前の組織図です。緑と、赤はほとんど拮抗していました」

「——」

確かに、五年前のものだという図では、緑の面積と赤の面積はほぼ同じであり、区分けもはっきりしているが……。

「現在では、こうです」

美奈子の指の操作で、組織図が戻る。

これは――

私は眉をひそめた。

五年前には黄色だったところの大部分が赤く変わり、緑だった範囲にも、まるで細かい虫食いのように赤色が現れている。

「あたかも白アリに食われるかのように、保守派の組織も瀋陽軍区の勢力に食われ、支配されようとしています」

「………………」

「わたしたちは、この瀋陽軍区に支配される一派を、こう呼んでいます。表現は変ですが――〈赤い白アリ〉」

「赤い――」

赤い、白アリ……？

ぐらっ
キャビンの床が斜めになって揺らぎ、私は思わず簡易座席のサイドバーを摑んだ。

「……くっ」

「せ、瀬名一尉」

美奈子もサイドバーにつかまり、片手でアイパッドを抱えるようにして私を見た。

「〈赤い白アリ〉が、いま北朝鮮を乗っ取ろうとしています。瀋陽軍区の勢力に操られ、偽の最高指導者――替え玉の三代目を立てて国民をだまし、このままでは」

「そいつらが」

私も美奈子を見返す。

「東京へ核を……⁉」

しかし。

なぜ、そんなことを――？

「中国国内の瀋陽軍区から、〈赤い白アリ〉を操っているのは、この人物です」

ヘリは山岳地帯を出ようとしているのか。

最後に一度、大きく揺れてから、キャビンの床は水平に戻り静かになった。

「見てください」

美奈子は呼吸を整えながら、指でアイパッドの画面を繰った。

写真が、現われる。

何だ……？

「……⁉」

私はさらに眉をひそめた。

粒子の粗い写真だ。モノクロかと思ったが、そうではない。中心に拡大された人物――

車椅子に乗る人物のまとう色彩が、グレーと黒ばかりなのだ。

遠方から、望遠で撮られたのか？　写真がモノクロでない証拠に、車椅子を押す長身の女性――ボブカットの髪に細い鋭い切れ長の眼をした女の身を包むスーツが、赤い。

だが私の眼を惹《ひ》きつけたのは、車椅子に座った人物――

（――この男は）

見覚えがある。

これは、江沢民《こうたくみん》じゃないか……？

「そうです」

美奈子はうなずく。

「アメリカは、これまで中国の北京政府に対して『北への原油の供給を止めろ』と再三、要請していますが。北京政府に止められるはずがありません。瀋陽軍区からパイプラインを通して北へ原油を送り、一方で核の技術と開発資金を提供して来たのはこの人物――かつての国家主席、江沢民です」

「――――」

写真の男の顔。

現在、どのくらいの年齢なのか……。年老いてはいるのだろう、しかし一目でその人物と分かる、平べったい五角形の顔。そして最も特徴的なのが細い、開いているのか閉じているのか判別できない両眼――。

（う）

思わず私は眼をそらした。

何だ、この目は。

遠方からの写真を拡大した画像だが……。伝わってくるのは、老いたという印象より、永い年月を生きて『妖気《ようき》を帯びた』という不気味さだ。

江沢民。

天安門事件を起こし、その後、全人民への反日教育で現在の中国を作った男……。

だが、かつては国家主席として権勢は振るったが、すでに中国共産党の中央委員会からは追われたはずだ――

「二十年前から、中国東北部の瀋陽軍区はこの人物――江沢民の支配下にあります」

美奈子は続けた。

「北朝鮮に、核兵器と弾道ミサイルを開発させ、持たせたのは江沢民です」

「――――」

「核とミサイルは、アメリカを、北の体制保障のための交渉のテーブルにつかせる手段だと言われてきましたが、それだけではありません」

「――――」

「わが国を――日本を征服し支配するのは、実は難しくありません。国会の本会議開催中の東京へ二十発の核ミサイルをおとし、政府と国会議員を皆殺しにする。自分の子飼いの議員だけを退避させておき、その議員を総理臨時代理に就任させ、自衛隊の指揮権を一手に握らせます。それで終わりです。北に北米大陸まで届くＩＣＢＭがある以上、アメリカは手が出せません。北京政府もロシアも手が出せません。江沢民が一番欲しがっているのは日本の潜水艦技術だといいます。世界一静粛な海上自衛隊の潜水艦に、北の造った核ミサイルを載せ、海に潜らせれば。北京政府が北へ攻め込もうとしても、もうだめです」

「──もともと瀋陽軍区には」

私も口を開いた。

「人民解放陸軍の、半数以上の勢力がいたはずだ。ロシアに対峙《たいじ》するためだ」

「その通りです、一尉」美奈子はうなずく。「すでに北京政府は、瀋陽軍区を支配する江沢民に逆らえなくなっています。あなたが昨夜、三代目を北から脱出させた後、北京ではその三代目の兄を急きょ隠れ家から連れ出し、次の北の最高指導者に据えようとしました。国民の支持を背景に、江沢民の影響力を何とか排除しようと試みたのです。しかしその兄は、〈赤い白アリ〉によってたちまち暗殺されました」

江沢民──

北朝鮮を陰から操り、核兵器とミサイルを開発させていたのは江沢民だった……？

天安門事件で民主化運動の学生たちを皆殺しにしたあの男が、今度は東京へ二十発以上の核ミサイルを撃ち込もうとしている、というのか。

「わが国を救う方法は、一つしか――」

美奈子は言いかけたが
「――!?」

気づいたように、右手で胸を押さえた。

はっ、とした表情で、上着からスマートフォンを掴み出す。

何だ……？

ヘリの機内の騒音の中で、美奈子のスマートフォンから軽いポップアップ音が鳴る。

不規則に何度も鳴る。

通話の呼び出しではないのか……？

美奈子は画面を見つめる。

「――！」

画面を一瞥した横顔が、『まずい』と言うかのように曇る。

「どうした」

わが国を救う方法は、一つしかない。

美奈子は、そう言いかけたばかりだ。

だが

「見てください、一尉」

美奈子は、私にスマートフォンの画面を向けた。

画面は、赤い縁取りだ。

何かのアプリか。

「これを見て」

「……？」

画面では上から順に番号が付いていて、短いメッセージが並んでいる。メッセージには

それぞれ表題が付いている。

番号は、順位なのか……？

これは何だ――

「何だ」

「リアルタイムというアプリです」

「リアルタイム？」

「そうです。ツイッターのバズワードを表示するアプリです。今この瞬間、最も多くツイ

ートされ、あるいはリツイートされている話題を上から順に自動的に並べます」

「？」

見ると。

一番上の『1』と順位のついた表題は『テロ』。続いて『スタジアムにテロ』『総選挙の会場にテロ』と続く。

何だ、これは。

四位以降のメッセージの表題も、似たようなものだ。表題の下に短いメッセージ。『総選挙会場が襲われた!?』『総選挙会場なう』『照明消えた』『破裂音』『大混乱』『踏まれる』『目が痛い』『助けて』

「どういうことだ」

「国立大ホールが襲われてる」

美奈子は整った顔をこわばらせる。

「まずいわ」

「総選挙――って、何だ」

国政の選挙が行われているとは、聞いていない。

この時期の国会は、本会議の真っ最中ではなかったか。

「いったい」

聞き返そうとした時。

「すみません、依田警視」

コクピットに通じるハッチが開き、ＳＡＴ隊員が上半身を乗り出した。

「間もなく横浜港です。みなとみらいが見えて来ました」

「ま」

美奈子は、はっとしたように顔を上げる。

同時に、手にしたスマートフォンが短く振動した。

8

「待って」

美奈子は、手にした携帯の画面を切り替えながら声を上げた。

「大ホールへ近づくのは、ちょっと」

「コクピットへ行こう」

私は立ち上がり、画面を見ようとする女工作員を促した。

短い振動は、今度はメールの着信を知らせていたらしい。

美奈子の手で、スマートフォンの画面が長方形に白く光る。

「君の言う大ホールが、目視圏内に――」

なぜ、そのホールへ向かうのか。

萬田は何のために、そこへ行ったのか。

まだ美奈子の説明では明かされてはいないが……。

促しかけ、同時に美奈子の手の中の画面が眼に入った。

メールの着信画面か。

短い文面だ。記号のようなもの。

誰からのものか、分からない。しかし表示された記号は――

「――!?」

その四つの文字が眼に入ると。

私は反射的に美奈子の腕を摑み、立ち上がらせた。

「な、何を」

「いいから来い」

ハッチから身を乗り出したSAT隊員を押しのけるように、コクピットへ文字通り飛び込んだ。右手は美奈子の腕を引いている。

途端に、前方視界に夜景が広がる。

さっきの山間の、靄の立ち込める闇ではない。光の粒に覆われた大地は眩しい程だ。

しかし
（あそこだけ暗い……？）

違和感に、眼をすがめた。

夜景の、異様さ。

左右の操縦席につく機長と副操縦士の肩の間に、ヘリの機首方向の様子が見える。

高度は五〇〇フィート程か。前方の水平線は、東京湾の黒い海面だ。その手前は一面の光の粒に覆われる湾岸の市街地だが――ヘリの向かう先の一画だけが楕円形《だえんけい》に、ぽっかりと暗い。

黒い穴のようにも見える一画は、かなりの大きさだ。一五〇ノット超の速度で接近するコクピットの前方窓に、みるみる大きくなる。

「パシフィコ横浜だ。停電しているようだ」

機長（子門という名だったか）は渋い声で、前方を注視しながら言う。

「変だな」

「変ですね」

副操縦士もうなずく。

二名のパイロットは、山間の谷間を這って飛んでいたときの暗視ゴーグルを、まだ顔に装着している。

私はレンジャー訓練では暗視ゴーグルをよく使ったが、本来の仕事である戦闘機パイロットとして飛ぶときには、夜間でも暗視ゴーグルを使ったことはない。海面を這うように飛ぶのが任務のＦ２や、同じく闇夜の谷間を低空で飛び抜けるのが任務の偵察機ＲＦ４Ｅのパイロットならば、使うかもしれないが――制空戦闘機Ｆ15イーグルでは、海面や山肌すれすれを飛ぶようなことはない。夜間では、むしろ肉眼を暗順応させ、星明かりや月を利用して飛んでいた。視野が広いほうが有利だからだ。

低空を目視で飛ぶヘリにとっては、F2やRF4Eと同様、空中に張られた送電線や、地表から突き出す鉄塔などの障害物は脅威だ。丹沢山塊から横浜へ出る過程で、それらを確実に避けるため引き続きゴーグルを使っていたのか。

「機長、PCです」

黒い楕円形の穴――さし渡し一マイルはあるか――がみるみる大きくなる前方視界で、副操縦士が右下を指した。

「複数、急行中」

PCとは、パトカーを指すのだろう。

見ると、コクピットの右席の足元の下方窓に、赤い閃光灯《せんこうとう》が明滅している。いくつもある。たちまちその頭上を追い越す。

パトカーが複数、前方の真っ黒い楕円形の穴のような暗闇へ、急行しているのか。

「警察無線を傍受しろ。神奈川県警だ」

「はい」

副操縦士はうなずき、胸ポケットからラミネートされたカードのようなものを取り出し、ゴーグルの眼をおとして参照する。

そうか。

ここは横浜市だ。警視庁とは管轄が違う。パトカーと指揮所との交信を聞きたくても、周波数をいちいち調べ、無線をセットし直さなくてはならないのか。

「神奈川県警――すぐセットします」

「何か見える」

機長は操縦桿とコレクティブ・ピッチレバーを握ったまま、前方の黒い穴――もはや前面窓いっぱいに迫ってくる楕円形の暗闇を見ていた。

私も視野に水平線を捉《とら》えつつ、前方視界の中央――巨大な楕円の黒い穴のように見える一帯を注視した。

やはり、停電しているのか……。楕円状の暗闇の中央には、灯の消えた巨大なドームのシルエットがある。高さは二〇〇フィートくらいか。形状は、開きかけた貝殻のようにも見える――かなり大きい。見本市会場の中核をなすホールか。

そのすぐ横に、ヨットの帆のような形をした高層建築が寄り添って立つ。頂上はヘリの高度より高い。何かで見た覚えがある。外資系のホテルだろう。

「何か燃えているぞ……？」

「――!?」

それに気づいたのは、機長と私が同時だった。

口を開きかけた二枚貝を想わせる、巨大ドーム――美奈子の言う〈国立大ホール〉なのだろう――の背の上に、ヘリポートが設置されているのか。一辺が一〇〇メートルほどの正方形のプラットフォームがあり、その上で、何かが燃えている。黒煙を含んだ火炎が、空気の層の向こうでちらちらと動く――

「！」

次の瞬間、私は眼を見開いた。

照明の全く無い、黒く沈んだ正方形の隅でポッッ、と赤い光点が瞬いた。一瞬のことだが――

まずい……！

反射的に私は左席の機長の背中に飛びかかると、操縦桿を握っているその左手を両手で掴み、思い切り右へ引き倒した。

「なっ、何を」

「避《よ》けろ危ないっ」

説明している一瞬の暇もない、私の無理やり加えた力で前方視界がぐううっ、と左へ大きく傾き、強い下向きGがかかる。背中で美奈子が小さく悲鳴を上げ、SAT隊員の「うおっ」という声と共に物の当たる音がしたが構ってはいられない。

ほとんど同時に視界のすぐ左横を、火焔《かえん》の矢のような物がすれ違って飛び抜けた。

ズンッ、と衝撃波が襲い、右へ六〇度もバンクした機体を底部から叩いた。

「う」

「うぉ!?」

身体が一瞬、宙に浮き、衝撃波を予期していた私も思わず声を出した。

機長も驚きの声を上げたが、操縦桿を無理やりに倒した私の手の力が緩むと「放せ」と振り払った。

「放せ、馬鹿野郎っ」

機体の底を打つような衝撃波で、さらにバンクは深まり、ほとんど垂直旋回の姿勢だ。前方視界の夜景が縦向きに流れる。ヘリは上向きの揚力を出していない、急速に横向きに落下しようとする――

暗視ゴーグルをつけた機長は声にならない叫びをあげ、操縦桿を中立へ戻しながら引き付け、同時にコレクティブ・ピッチレバーを一杯に引いた。

(うっ)

床へ叩きつけるようなGと共に、前方視界が回転し、水平に戻る。

眼の前に灯火を点けた建物が迫る。みなとみらい地区のビルの一つか――!? ぶつかる寸前、前方窓の下へ、吹っ飛ぶように隠れて見えなくなる。飛び越したか……!?

機長は機体姿勢を水平へ戻すのと同時に、急上昇操作を行い、ヘリをもとの空中へ舞い上がらせた。

「貴様、何をしたっ」

「離脱するんだ」

機長と私は、同時に言い合った。

「今のは、RPG7だ」

「何⁉」

「機長、射程外へいったん離脱するんだ」

機長は、操縦を右席の副操縦士へ受け渡す。

「ユーハブ・コントロール」

ちょうど下を向いていた副操縦士は、何が起きたのか分からなかったらしい、戸惑うように「ア、アイハブ」とコールして操縦桿とコレクティブ・ピッチレバーを掴む。

ヘリコプターの操縦は、片手で操縦桿、もう一方の手でコレクティブ・ピッチレバーを握って行う。

その上で、両足で操るラダーペダルもある。操縦桿は、固定翼機と同様、機体姿勢——機首の上げ下げ、機体の傾きをコントロールする。ラダーペダルは機首の横方向の向きを調整する。

ヘリの操縦機構で固定翼機と大きく違うのは、コレクティブ・ピッチレバーだ。これは自動車のサイドブレーキに似た形状のレバーで、床から引き起こすと、頭上で回るローター(回転翼)の迎え角が増し、揚力が増える。反対に押し下げると迎え角が減る。地面から垂直に上昇する時などはこのレバーを引き、迎え角を増やすと同時にレバーの握りの部分を捩《ね》じるように回してエンジン出力を増してやる。コレクティブ・ピッチレバーはローターの迎え角の調整と、エンジン出力の制御を同時に行う。

通常は地面から舞い上がったら、次に操縦桿を押して、ローターの回転面を前方へやや傾けることで前進速度を出す。速度が付いてきたらピッチレバーでローターの迎え角を減らし、抵抗を減らして高速飛行に適した形態にする。私はヘリの操縦資格は持っていないが、仕組みは分かる。レンジャー課程では、作戦目標へ運ばれる飛行の間、操縦席の後方からパイロットの操作を興味深く見た。

「まっすぐに離脱しろ」

私は操縦を代わった副操縦士の背に言った。

「すぐに射程外へ出られる。ただし高度は上げるな。五〇〇フィート以下を保て」

「――――」

副操縦士が返事をする代わりに、機長が私を振り向き、ごつい黒色の暗視ゴーグルをヘルメットの上に跳ね上げると、睨んだ。

「いったい、どういうことだ」

「見ただろう」

私は応えた。

「あそこの大ホールの屋上で燃えていたのは、このヘリの同型機だ」

「――――」

「残骸が燃えていた。そして今のはＲＰＧ７だ」

私は振り向くと、バーにつかまって立っている美奈子に「見せてくれ」と乞うた。

女工作員から携帯をひったくるように受け取ると、メールの画面を機長へ示した。

短い文面は四文字。『ＲＰＧ７』。

おそらく、萬田か、〈回収班〉と美奈子が呼んでいたＮＳＣ工作員チームのメンバーが、緊急に告げて来たのだ。

通話して知らせる余裕がなかったか――詳しい状況は分からない。

ＲＰＧ７は、ロシア製の対戦車ロケット砲だ。細長い可搬式ランチャーの先端に紡錘形ロケット弾を装着し、撃ち出す。歩兵が単独で簡単に持ち運べる。

「見てくれ。ホールにいる〈回収班〉が、おそらく知らせて来た。今のが、もしもスティンガーだったら全員お陀仏《だぶつ》だったが」

私は、睨みつける機長へ重ねて言った。

「ホールを『襲撃』した〈敵〉は、スティンガーまでは携行していなかった。不幸中の幸いだ。もっともＲＰＧ７でも十分すぎる脅威だが」

「ＲＰＧ……」

美奈子の横で、若いＳＡＴ隊員が息を呑む。

「いったい、何が」

「俺が訊き――」

私は言いかけたが、ふわっ、と身体が浮きかけた。

副操縦士の操作で機首が下がり、ベル２１２が水平飛行に移ったのだ。

「四〇〇フィートでレベルオフ、離脱します」

右席で前を見たまま、副操縦士が言った。

「このまま離れますか」

「いや」

私は副操縦士の背に、命令口調で言った。

「ホールを中心に、半径三マイルで遠巻きに旋回しろ。高度は四〇〇を保て」

「貴様っ」

勝手に命令をするな。

そう言いたいのだろう、機長はまた私を睨むが

「すまない」

私は機長を見返した。

「勝手に手を出したのは、詫びる。やむを得なかった。無誘導とはいえ、ＲＰＧをまともに食ったら、今頃は全員」

「――――」

「ホールから距離を取り、旋回してくれ」

私は機長に頼んだ。

まっすぐに遠くまで離脱する……？

危険を避ける。それもいい。これ以上、関《かか》わりになることはない――

しかし。

二十発の核ミサイル。

その単語が、また私の頭にチラつく。

駄目だ。

逃げ出すわけにはいかない。

「頼む」機長へ、重ねて頼んだ。「RPGは一マイルも届かない。ヘリポートへ近づかなければ、〈敵〉は撃っては来ないだろう。その間に情況を確認する」

「――」

機長は細い目で私を睨みつけたが、操縦席に向き直った。

「アイハブ・コントロール」

途端に床に押し付けるGがかかり、前方視界が傾いた。夜景が横向きに流れる。

操縦を代わった機長の操作で、巨大なドーム――パシフィコ横浜の大ホールを中心に、ベル212は大きな旋回に入ったのだ。

遠慮のない機動に、顔をしかめ、私はコクピットの後部でバーにつかまる美奈子へ向き直った。

「説明してくれ。いったい何が起き──」

訊きかけた時。

私の右手に握った携帯が、振動した。

（……⁉）

反射的に画面を見る。

美奈子の携帯──さっきはメールだったが今度は着信の表示だ。黒い画面に赤い円と、番号が浮き上がる。

「どこからだ」

美奈子の顔に向けると、女工作員は画面を見て、うなずく。

「は、班長です」

班長──萬田のことか。

私は画面の赤い円をタッチして、耳に付けた。

『依田か。回避できたか』

途端に耳に飛び込む声。

あの男だ──

声は柄にもない、息が乱れている。

『ちょうど、遮蔽物《しゃへいぶつ》の陰へ跳び込むところだった。すまん』

「俺だ」

私は、コクピットの左側サイドウインドーに取りつくと、約三〇度のバンクで旋回する窓から真っ黒い地上の一画を見やった。

「教えろ。いったい、何が起きてる」

あのパシフィコ横浜の大ホール――一帯ごと停電しているようだが、何かのイベントが行われていたのか。

さっきのツイッターでは『総選挙』とか言っていたか……？

大勢の人々が、集まっていた。そこへ〈敵〉が襲撃をした……!?

何者が。

何のために。

「萬田」

萬田は、あそこに見える真っ暗な巨大ドームのどこかで、〈敵〉と交戦中なのか。

萬田の乗って行ったヘリ――警視庁航空隊に所属するベル212の一番機は、私の眼に間違いがなければ、ドームの屋上ヘリポートで黒煙を上げ炎上していた。

〈回収班〉、とか言っていた。いったい何を『回収』しに、イベントの行われていた大ホールへ向かったのか……？

私は携帯の通話の向こうの男に、問うた。

「萬田、時間が無いようだ。教えてくれ。二十発の核ミサイルを東京へおとさせないようにするには、どうすればいい。俺に出来ることはあるのか」

　問いかけを投げながら、同時に私は美奈子を振り向き「図面だ」と言った。

「ホールの屋上の図面を出せ。どこかに資料があるはずだ」

「は、はい」

　美奈子はうなずき、後部キャビンへ戻る。

　座席に置いたアイパッドの中に、萬田の用意した資料があるだろう。もしも無くても、検索をすれば、図面はどこかから引き出せる。

『〈回収班〉が、ホール内で回収対象者を確保した』萬田の声は言った。『だがほとんど同時に、奴らが襲撃して来た。〈回収班〉は銃撃を避けつつ対象者を連れ、屋上まで脱出した。屋上へヘリポートで揚収する手はずだった。しかし私の乗ったヘリは着地直前、RPGでやられた。私だけがデッキから飛び降りて助かった』

「――――」

『今、〈回収班〉の二名と、回収対象者を連れてヘリポートのプラットフォームの下へ飛び込み、隠れている。ホール内には奴らの撒《ま》いた催涙ガスが充満している。奴らは、対象者を殺してエビデンスを持ち帰らないと成績にならないらしい、射殺を試みて来たが、このままではこの場所へRPGをぶち込まれかねない』

「――――」

対象者……。

射殺――

対テロ対策について、私もレンジャー課程の座学で講義を受けた。

要人の暗殺について。

一般にテログループが、要人の暗殺を企《くわだ》てた場合。手段として最も用いられるのは毒殺か、至近距離からの射殺だという。いずれもターゲットの『中立化（つまり殺害）』をじかに確認できる。爆弾は、暗殺にはあまり用いられない。

テログループは、どのような素姓であれ人間の組織であるから、そこには上下の関係がある。現場には実動部隊のリーダーがおり、それに離れた所から指示を出している中間の管理者がいる。さらにその管理者に対して『この人間を消せ』と命じて来る上級の管理者がいる。上級の管理者はさらに、スポンサーである依頼主から資金を受け取り、暗殺の依頼を受ける。暗殺のターゲットとなるのは、依頼主にとって生かしてはおけない人物だ。

テログループ（どのような素姓の組織であれ、似たようなものだという）は、暗殺の依頼を受けると、まず中間管理者がターゲットの襲撃計画を立案し、実行を現場のリーダーに任せる。

その際、現場のリーダーに求められるのは確かにターゲットを『中立化』しました、という証拠（エビデンス）を持ち帰るか、あるいは誰にでも分かるようにすることだ。

もっとも確実なのはターゲットの遺骸か、首を切りおとして持ち帰り、ＤＮＡ鑑定をして本人と確認したうえで上級の管理者へ報告すること。それが現場の事情で出来なければ、銃弾を撃ち込まれたり毒を盛られたりしたターゲットが病院へ運びこまれ、そこで死亡したことが公的に確認されることが必要だ。その確認をもって、上級の管理者は依頼主に『確かにその人物を消しました』と報告し、暗殺ミッションは完了し報酬が支払われ、あるいは現場のリーダーや中間管理者は将来の組織内での昇進が期待できる。

一方で、テログループが爆弾を使うのは、騒乱を起こすこと自体が目的の場合だ。暗殺のミッションで、もし爆弾を破裂させると、派手に辺りを破壊はするがターゲットを確かに殺せたのかどうかが分からず、証拠を持ち帰ることも出来ない。爆弾テロでは死傷者は多数出るが、生き残る人間も意外に多いからだ。〈証拠〉を依頼主に提示できなくては、仕事を完遂したことにならない。

今、あのドーム――パシフィコ横浜の大ホールを襲っている〈敵〉が、どんな素姓のグループで、何を狙っているのか不明だが……。ホールごと爆弾で爆破しようとしなかったのは『特定の人物を消して証拠を持ち帰る』という、暗殺のミッションを実行しているのか。

萬田の言う『回収対象者』が、狙われる要人の類なのか。

「あんたの言う『回収対象者』」

私は萬田に問うた。

「その人物を、拾って帰るのか」

『拾って帰るだけじゃない、瀬名一尉』

電話の向こうで萬田は言った。

『対象者を、岐阜基地まで運び、そこで我々の用意した機体に乗り換え、日本海を渡って平壌近郊のポイントまで飛んでくれ』

「――!?」

『それが、君に依頼したい〈仕事〉――く、くそっ』

通話の向こうで空気を切るような摩擦音と共に、金属をハンマーで連続的に叩くような響きがして、萬田の『くそっ』という声をかき消した。

9

「おいっ」

私は思わず、通話の向こうの萬田を呼んだ。

撃たれたか……!?

今の響き――連続して叩くような。

銃弾が続けざまに着弾し、何かの金属の表面を穿《うが》った……!?

萬田は『遮蔽物に身を隠した』と言っていた。着弾音のカカカカッ、という響きの速さは、フルオート射撃だ。

自動小銃……？

まさか。

〈敵〉はそんなものも、イベント会場のホールへ……？

「おい大丈夫かっ⁉」

『あ、当たってはいない』萬田の声は応えた。『だが、うるさくてかなわん』

そこへ

「図面です」

依田美奈子が、アイパッドを手に戻って来た。

「ホールの屋上の。ヘリポートがあります」

「貸せ」

私は携帯を左手に持ち替え、振り向くと美奈子からタブレット端末を受け取る。踏ん張らなくてはならない。床は傾き、軽く下向きのGがかかっている。ヘリは旋回を続けている。港湾に面したパシフィコ横浜の大ホールを中心に、四〇〇フィートの低空を保ち、大きく円を描くように飛んでいる（ホールとの間合いを、外を見て確かめる余裕はないが、この機長の操縦ならば正確だろう）。

「萬田、ここにヘリポートの図面がある」斜めの床でタブレットを抱えて踏ん張り、私は通話の向こうの男に乞《こ》うた。「教えろ。あんたたちはヘリポートのプラットフォームの、どこにいる」

何者が、何の目的でホールを襲撃したのか。

どうやら萬田の連れている『回収対象者』を、暗殺する目的らしい。

しかし〈敵〉は、何という重武装か――

NSCは、その対象者のために〈回収班〉を差し向けていたが、これと戦闘になることを想定していたのか。

あるいは、横浜の湾岸地区のホールでテロ事件を起こせば、警察に包囲される（神奈川県警が今の時点で、どのくらい情況を摑んでいるのか不明だが）。

先程、複数のパトカーが停電したホールへ向かっているのが見えた。おそらく情況を摑もうとしている最中だろう。大勢の人間が集まるイベント会場を急襲すれば、大混乱となり情報は錯そうする。しかし時間がたてば、〈敵〉は確実に、警察に包囲される。

RPG7を所持しているのは、『回収対象者』を迎えに来たヘリを撃ちおとすためなのか、あるいは暗殺ミッションに時間がかかって警察に包囲された場合、機動隊の装甲車を吹っ飛ばして逃走するためか。

「萬田、情況が知りたい」

私は通話の向こうの男に、重ねて問うた。

「その場所にいる〈敵〉の布陣も教えろ」

『布陣か』

「そうだ」

私は萬田の声にうなずく。

対象者を揚収して岐阜へ向かい、機体を乗り換え、平壌まで飛べ……？

いったい、なぜその人物を北へ――

考えている暇はない。右腕に抱えたタブレットの画面では、大ホールの屋上の俯瞰図《ふかんず》が開かれている。

おそらく〈回収〉任務のため、萬田が用意してタブレットに入れておいた資料だ。スマートフォンを顎に挟み、指でめくると、真横からの図面もある。

大ホールのドームは、口を開きかけた巨大な帆立貝だ。その緩やかな曲面の背の上に、片側へ突き出すように四本の脚で四角い――正方形のプラットフォームが乗っている。屋上へリポートだ。

指で、画面をヘリポートの俯瞰図に戻す。正方形の一辺の長さは、やはりさっき眼で摑んだ通り、一〇〇メートルほど。

「人数、配置、武装を、分かっている限りでいい、教えろ」

萬田は〈回収班〉の二名と、対象者を連れていると言った。

ヘリの一番機の乗員たちはどうなったか……？　萬田の話では、ロケット弾を食らって爆発する機体から脱出できたのは、あの男一人――

『我々は今、四名でプラットフォーム南側の縁の下にいる。プラットフォームの南側には一段低く、作業用通路が通っている』

萬田の声が、通話の向こうで説明する。

その声に合わせ、指で画面を拡大すると。

言われた通り、片側へ突き出すヘリポートの一辺を縁取るように、一段低い形で作業用とおぼしき通路が付いている。細い金網製の足場のようなもの（ヘリポートの脚部の整備に使うものか）。

ヘリポートのプラットフォーム全体が、脚部を除き、概ね金網構造で出来ているはずだ。ドームの背中に載せるから、軽量化のためと、風圧を受けた時に余計な応力がかからないようにするためだ。

図の隅に、方角を示す矢印。南側へ突き出す正方形の一辺に眼を引き付けられる。

萬田たちはここに――

『〈敵〉は我々を追って、ヘリポートへ上がって来た。プラットフォームの反対の北側に、ホールから上がって来る階段の出入口がある。プラットフォーム中央部で、一番機のヘリの残骸が燃えている。奴らは残骸を遮蔽物にし、その陰から撃っ――くっ』

萬田の悪態に重なり、また連続する金属音。

ハンマーで鉄板を叩かれるようだ。私は携帯を耳に付けたまま、顔をしかめる。

おそらく九ミリ弾だ。萬田のすぐ頭上の金網構造をえぐったか、十数発が着弾した。

『くそっ』

「萬田、〈敵〉の人数は」

『〈回収班〉が確認しただけで、七名だ。奴らは七名いた』

萬田は息をつきながら応えた。

『〈回収班〉が、対象者を護って奴らに応戦し、うち二名を倒した。こちらも相撃ちで、メンバーを二名やられた』

「――――」

『坪内が、スコープ付きのライフルを持っている。舞台装置に紛れ込ませて持ち込んでいた。ここへ上がって来てからは坪内が狙撃《そげき》して一名を倒した。一番機の残骸が燃えているせいで、照明は切れているが見通しはきく。奴らは今以上には近づけない。さっきから坪内を狙って、こうやって撃ちまくって来るが』

坪内……？

私は眉をひそめる。

坪内沙也香のことか。

あの女工作員が、あそこに……？

『坪内も場所を変えながら応戦しているから、やられはしない』

萬田の声は続く。

『こちらが風上だから、奴らはガス弾も使えない。こう着状態だ。このままでは、奴らは上からの指示を仰ぎ、我々を爆殺しようとするだろう。手投げ弾を持っているかどうかは不明だが』

「――――」

まずい。

そうだ。萬田の言う通り、このまま時間がたてば。

神奈川県警がホールを包囲する。

〈敵〉のグループは逃走できなくなる。

このままでは数分を経ず、『証拠は持ち帰れなくとも構わない、ターゲットを爆破して殺せ』と〈敵〉の組織から指示が出される可能性は高い。

「萬田、そこから地上へ降りる手段は」

『点検用らしいゴンドラが――だが停電で動かない』

「何」

指で、図面を断面図に戻す。

作業通路の、地上からの高さは……？

プラットフォームは、湾曲した屋根から片側へ突き出している。下の地面まではもろに

二〇〇フィート。

二〇〇フィート――六〇メートル。

「敵のＲＰＧは、何丁だ」

思わず私は訊いた。

「何丁ある」

『ヘリの残骸が遮蔽物になり、奴らの姿はここからは見えない』

萬田は応えた。

『しかし私の乗った一番機を撃った時も、今そちらを狙った時も、発射されたのはそれぞれ一度に一発きりだ』

「分かった」

地面へ跳び降りるのは不可能――

どうすれば……。

目をつぶる。

(――――)

プラットフォームの中央に、残骸《ざんがい》。

その陰に隠れ、撃って来る〈敵〉――

〈敵〉も四名。うち少なくとも一名がRPG7ランチャーを所持している。

RPG7は、細長い竿状ランチャーの先端にロケット弾の弾体を装着して撃ち出す。射手はランチャーを肩に担ぎ、標的を狙う。

私は、〈敵〉と、萬田たち四名の隠れる作業通路の配置を頭に浮かべた。

次いで、空中から広範囲に俯瞰した図――

「――分かった」

眼を開くと、通話の向こうの男に言った。

「萬田、聞け。今からRPGの射手を立たせる」

『何だと』

「そこにいる女工作員に」

切れ長の眼をした坪内沙也香を頭に浮かべ、言った。

「射手の立ちあがった瞬間を狙え、と伝えろ」

『わ、分かっ――』

萬田の語尾が、また連続着弾音で遮られた。

「機長、時間がない」

私はタブレットを美奈子へ返し、携帯を自分のシャツの胸ポケットに突っ込みながら、左側操縦席の機長へ告げた。

操縦席の後ろの左側サイドウインドーに取りついた姿勢だから、四十代のパイロットのヘルメットの頭が、すぐ目の前にある形だ。

そのヘルメットの後ろから言った。

「頼みがある。大ホールが、テログループに襲われている。グループの目的は要人の暗殺だ。内閣府のチームが今、その要人を護っているが、あそこの屋上ヘリポートで銃撃戦になっている」

「――――」

機長は、頭は動かさない。

だが聞いている(操縦している最中に頭が動かないのは、腕の良いパイロットのしるしだ)。

携帯で萬田と話していた私の声も、おおむね聞こえていたはず。

「ヘリポートから地上へ降りるのは不可能だ。今から、救出に向かいたい」

「神奈川県警の出動を、待てないのか」

渋い声で、機長は言う。

前を見たままだ。

三〇度のバンクで、機体は旋回し続けている。

「じきに県警が包囲し、テログループを投降させるだろう」

投降させる、という言葉に、私の背中で若いSAT隊員が緊張するのが分かった。

振り向いて見なくても、息を吞み、固くなるのが気配で分かる。

「時間がない」

私は頭を振る。

「このままでは、数分でテログループは内閣府のチームに対してロケット砲を使う。爆殺すれば〈証拠〉は持ち帰れない、しかし奴らはやる。なぜならばそれ以内に片づけないと、逃走できなくなる」

「――――」

「聞いてくれ」

私は、操縦する機長のヘルメットの後頭部へ告げた。

「国の安全が、かかっている」

しかし
言ってしまって、いいものか。

いや、機密を守るかどうかなど、私には関係のないことだ。それよりも荒唐無稽《こうとうむけい》な話を聞かせ、この機長は取り合ってくれるのか。

時間はない。

話すしかない。

「機長、聞いてくれ」私は続けた。「あそこに――ヘリポートのプラットフォームの南側の端に作業用の足場があり、今そこに内閣府のチーム三名と、それらに護られた要人がいる。警視庁航空隊に要請があった通り、その要人を拾い上げ、岐阜基地へ運ばねばならない。いや岐阜を経由して、機体を乗り換え、朝鮮半島まで運ぶ」

「――――」

機長は無言だ。

視界の広い前面窓と側面窓には、斜めに傾いた港湾地区の夜景が流れる。

無数の光の粒と、暗闇――ホールを中心にして旋回すると、三分の一くらいは横浜港の海面の上を通過する。海に面してヨットの帆のような形の高層ホテルが立っている。ホールとは空中通路で繫がっているらしい、旋回しながらホテルの裏側を通過する数秒間だけ、側面窓からヘリポートが見えなくなる。

「何とかして」私は窓外を睨みながら言う。「あそこから拾い上げなくては」

「しかし近づけば、ロケット砲の餌食《えじき》だろう」

機長は安定した旋回を保ちながら、頭を動かさずに言い返す。

「プラットフォームに着地して拾い上げようとすれば、的になるだけだ」

「RPGを何とかして潰す」

「どうやってだ」

「策はある」

「このヘリを囮《おとり》に使うと言うなら、断る」

やはり優秀なパイロットだ。

私は機長のヘルメットを見て、唇を嚙む。

情況を、彼なりに摑んでいる。

私が携帯に「射手を立たせる」と言った。それを聞いていた。

どうすれば、それが出来るのか。

「いいか、陸自の人」

機長は前を見たまま、渋い声で続ける。

「我々航空隊は、警察庁からの要請により、人員の輸送を命じられた。命令は輸送であり、テログループとの戦闘は含まれていない。まして管轄外だ」

機長の言うことは、もっともだ。

優秀な幹部警察官なら、当然、こう答えるだろう。管轄外の横浜市でのテログループとの戦闘は、命令に入っていない。

まして、僚機である一番機がヘリポートに降りようとしてロケット砲に撃破され、残骸となって燃えているのを眼にしたばかりだ。

同僚への心配はあるだろう、しかしそれ以上に、自分の預かっている機体を残骸にするわけには行かない。

「輸送には、揚収も含まれるはずだ」

私は言い返す。

いや。

理屈の応酬をする暇はない。

「聞いてくれ。あそこにいる要人を今夜中に平壌まで運ばないと、東京に核がおちる」

「――――」

「信じるか信じないか、俺だって信じたくはない」

「――――」

私がたった今、携帯の向こうの萬田に対して「二十発の核ミサイルを東京へおとさせないために、俺に出来ることはあるのか」と投げた言葉も、耳に入っていたはずだ。

相手は、江沢民だ。

かつて中国共産党を支配し、天安門事件を起こし、十三億の人民を教育して反日にした張本人だ。数十万から数百万の人間の生命など、おそらく何とも思っていない。

「俺だって、信じたくはないが」

「分かった」

機長は短く言った。

「そのロケット砲の正確な射程は、いくつだ」

「――――」

「――――」

私と美奈子は、同時に息を呑んだ。

機長は『やる』と意思表明してくれたのか。

決断が速い。

「射程は一マイル弱」

私は、レンジャー課程の座学で習得した知識を呼び起こしながら、応えた。

「正確に命中させたければ半マイル――八〇〇メートルがいいところだ」

「射手は、あそこの残骸に」

機長はヘルメットの頭を少しだけ動かし、旋回の中心にしているホールの屋上を見やった。

黒煙を上げて炎上する残骸が、小さく見える。胴体部は散らばり、原形を留めていない。

わずかに機体の尻尾《しっぽ》――テールローターのついた尾部が、炎の中から突き出して見える。

その形状で、燃えているのがヘリコプターだと分かる。

「残骸の陰に伏せて隠れているのか」

「そうだ」

私はうなずく。

機長が「残骸」と口にする時、口調にわずかに怒りがこもる。それが分かる。

「〈回収班〉からの連絡では、〈敵〉は残骸を遮蔽物にして」

「それ以上、言うな」

機長は私を遮ると、「ユーハブ・コントロール」とコールした。

「吉田《よしだ》、旋回を維持しろ。このままだ」

「は、はい」

右席の副操縦士に操縦を代わらせると、四十代のベテラン・パイロットは両手で黒い暗視ゴーグルを眼に下ろす。

「――いるな」

機長はゴーグルの倍率を両手の指で調節し、三〇度バンクで傾く視界の左下――旋回の円の中心にしているプラットフォームを注視した。

「炎が激しいので、炎上する機体の近くには寄れない。テールブームの一〇メートルほど後方の床面に、伏せている。四人」

「人数が分かるのか」

「それが仕事だ」

機長はさらに指で、ゴーグルの焦点を調整する。

「一名が、寝たまま仰《あお》向けで、こちらへランチャーを向けている。旋回に合わせて身体の向きを変えている――こいつか」畜生、と声にはしないが、口がそう動くのが見えた。

「射手はゴーグルを使っているか」

「そのように見えるな」

機長はうなずくと、両手で自分のゴーグルをヘルメットの眼庇に上げ、前方へ向き直った。

「アイハブ・コントロール」

「ユーハブ」

副操縦士が操縦を受け渡しながら、訊いた。

「機長、どうするのです」

「あそこの射手を、立たせる」

機長は応えながら、背後の私をちらと見た。

「遮蔽物の陰から立たせれば、〈回収班〉の狙撃手が撃つ。ロケット砲がなくなれば、着地を強行できる」

「そ」

若い副操縦士は、絶句する。

「そんな――」

「さっきと同じ進入コースで行くぞ」

有難い。

私は左席のヘルメットの後頭部に、目で礼を言いながら「機長」と呼んだ。

「機長、さっき奴らが発射した間合いは、憶《おぼ》えているか」

「心配するな。任せろ」

機長の声とともに、前方視界で傾いていた夜景が水平に戻る。同時に光の粒に覆われた地平線が、目の高さよりも上へせりあがり、タービンエンジンの爆音が高まる。ぐうっ、と床へ押し付けるようなG。

夜景の光の粒が、視野の前方から手前へ吸い込まれるように流れる。

これがヘリの水平加速か――

ベル212は内陸を向いたところで旋回をやめ、同時に機首を下げるとエンジン出力を増し、加速した（ヘリの加速は、機首を下げてローター回転面を前方へ傾けることで行う。同時にローター回転数を上げ揚力を増やしてやれば、機首は下げても高度はそのままキープされる）。

パシフィコ横浜を背に、いったん内陸方向へ加速しながら離脱する。道路に沿って低空を維持して飛ぶ。

「五マイル離れたら左旋回、先ほどと同じコースに乗り、再びドームへ接近する。そう下へ伝えろ」

「分かった」

私は操縦席の後ろで床に踏ん張り、胸ポケットから携帯を取り出す。

通話は、繋がったままになっていた。

「萬田、聞こえているか」

『聞こえている。離脱したのか？』

「いったん、距離を取ってから再び接近する。さっきと同じコースだ。接近し、間合い八〇〇メートルに近づく寸前に射手を立たせるから、狙撃しろ」

『どうやるんだ』

「説明している暇はない」私は携帯を耳に付けたまま、頭を振る。「俺が、タイミングをコールする。通話を維持して待て。あの女に準備をさせろ」

『わ、分かっ――』

また着弾音が響き、萬田の声を遮った。

くそ……。

「おい、聞こえるか」

ヘリが遠ざかれば、上空を警戒していた〈敵〉のRPG射手は、寝そべったままでランチャーをプラットフォームの南端へ向けるかもしれない。

ロケット弾が、もしも小銃と同じ射線でプラットフォームの縁をえぐれば。

その瞬間、作業用通路に身を隠している四名は消し飛ぶ。

「三〇秒くらいで、そっちへ戻る」私は携帯に大声を出した。「射手を潰したら知らせろ。〈敵〉と作業通路との間へ割り込み、着地して、あんたたちを拾う」

『――わ、分かった』

萬田が通話の向こうでうなずくのを確かめると、繋がったままの携帯を胸ポケットへ押し込んだ。

すぐ背後で見ている依田美奈子へ向き直る。

「君のベレッタを貸してくれ」

「どう、やるのです」

「説明している暇は——うっ」

ぐらっ
ヘリの機体が、あおられるように傾いた。

とっさに手近のバーにつかまる。

同時に、明滅する赤と白の光が、左側サイドウインドーのすぐ外をすれ違った。

ブォッ
(——⁉)

身体を支えながら振り向く。

今のは。

「か、神奈川県警ですっ」

右席の副操縦士が叫んだ。

「今のは県警のヘリです、すれ違った。ホールへ向かってる」

猛烈な速さで、夜の宙空をすれ違った物体は別のヘリコプターか……⁉

赤と白に明滅していたのは、衝突防止灯の光だ。白色灯はカメラのストロボのように、闇の中でフラッシングしていた。

神奈川県警のヘリか。通報を受け、パシフィコ横浜へ急行していくのか。

まずい。

「無線を使え」

私が口を開く前に、機長が怒鳴った。

「緊急だ、やむを得ん、国際緊急周波数で呼びかけろ。ホールへ近づいては」

だが機長が言い終わる前に

カッ

オレンジ色の閃光が、左側面――斜め後方からコクピットを刺し貫いた。

「くっ」

機長は声にならぬ悪態と共に、操縦桿を引き倒す。

前方視界が瞬時に、右へ九〇度近く傾く。左急旋回。

垂直に近いバンクで向きを変えようとする機体を、真上から衝撃波が叩いた。

ドカンッ

KILLERS ON THE ROOF

CHAPTER - 2 屋上の殺し屋

RAVEN WORKS

1

「きゃあっ」

後方を見ようとしていた私はバーを摑《つか》み損ね、宙に浮き、美奈子と重なるように反対側の側壁に叩《たた》きつけられた。

SAT隊員も同時に天井近い壁にぶつかり「ぐぁっ」と悲鳴を上げる。

この衝撃波……⁉

「う」

（く、くそっ）

手近のものにつかまり身を起こすと、左急旋回から水平に戻るところだ。

斜めから水平になる、前方――真っ暗な見本市会場を背景に、オレンジの火球が宙空で膨張し、上方へ舞い上がっていく。

機長は機体を急旋回させ、爆発の起きた方向――ホールの方角へ向けたのか。

熱で舞い上がる火球と反対に、黒っぽい破片のようなものがくるくる回転しながら落下していく。下方の市街地へ――

やられた……。

「くそ」

「このまま突入するぞ、陸自の人」

機長の声と共に、地平線がわずかに一回傾き、前方で巨大な黒い帆立貝のシルエットが位置を合わせるように、視野の中央にぴたりと止まる。

進路を修正し、ドームへまっすぐに向けたか。

「あの射手が次発を装塡《そうてん》するのに、何秒かかる？」

「瀬名だ」

私は起き上がり、左右の操縦席の間のセンター・ペデスタルに手をついて前方空間を見た。

この時点で、初めて機長に対して名乗った。

「瀬名一尉だ」

自衛隊は、とうに退役している。

しかし複雑な説明をする余裕などない、機長が思い込んだとおり、私の身分は自衛隊の幹部だと思わせておいた方がスムーズにいく。

「慣れた射手であれば、十秒あれば次が撃てる。奴らの技量は分からないが」

言いながら私は、胸ポケットから携帯を取り出す。

「萬田、聞こえるか」

通話の向こうの男を呼ぶ。

「今やられたのは神奈川県警のヘリだ」

『見ていた』

萬田の声が応《こた》える。

『RPGの弾頭は、残骸《ざんがい》の陰から飛んで行った。射手は見えない』

「立たせるから、待っていろ」

私は携帯を耳に当てたまま、前方空間を注視する。

楕円《だえん》状の闇《やみ》になっている中央に、真っ黒いドームのシルエット。

みるみる大きくなる――

先ほどと、同じ見え方。同じ近づき方。

県警のヘリがやられた瞬間からの秒数を、頭で測る。間もなく十秒。

このベル212は県警ヘリとは違い、航行灯と衝突防止灯を消しているが、射手は暗視ゴーグルを使い、望遠機能でこちらの姿を捉《とら》えているだろう（灯火は消しても爆音は隠しようもない）。

ドームの屋上よりも高い高度で近づく機影を、寝そべったまま狙《ねら》っている……。しかし機長には、どうやれば射手を立たせることが出来るのか、説明はしていない。機長は私に訊《き》きもしない。

代わりに

「瀬名一尉」

機長は背中で私に訊いた。

「暗視ゴーグルを使った経験は」

「俺はレンジャー・バッジを持ってる」

ある、と言う代わりにそう答えた。

警視庁航空隊のベテラン・パイロットなら、特殊急襲隊ＳＡＴを乗せて飛んだことは、何度もあるはずだ。

警察の特殊部隊であるＳＡＴは、陸自のレンジャーに近い技能を習得している。もちろん蛇《へび》や蛙《かえる》を食料にしながら一週間も山野を行動する訓練はしていないが、幹部クラスの隊員は陸自に出向き、研修を受けている。レンジャーであれば、ＳＡＴ隊員の習得している技能は基本的にすべて持っている。

このことは、現場の幹部警察官であれば知っているだろう。

「分かった」

機長はうなずくと、前を見て操縦しながら「吉田」と呼んだ。

「吉田、お前のゴーグルを瀬名一尉へ貸してやれ」

「は？」

若い副操縦士は、けげんそうに機長を見るが

「早くしろ」

機長は小さく叱咤《しった》した。

「時間はない。瀬名一尉」

「うむ」

「私は望遠モードで操縦するわけにはいかない、タイミングをコールしてくれ」

「分かった」

肉眼でも、前方から迫る灯の消えた巨大ドームとの間合いは測れるが。

確かに機長の言う通り、暗視ゴーグルの望遠機能を使う方が、確実性は増す。

「望遠モードにしてくれ」

私は前方から目を離さず、右席の副操縦士に頼んだ。

「焦点の距離調整は、一〇〇〇メートルにセット」

「は、はい」

副操縦士はうなずくと、ヘルメットの頭から外した自分の暗視ゴーグルを手早く調整して、渡してくれた。

「どうぞ一尉」

「助かる」

私は手渡されたごついゴーグルを、右手で双眼鏡のように保持して覗《のぞ》いた。ストラップで頭にかけている余裕はない。

途端に、ぶれながら前方のドームの屋上が目の前に拡大される。闇の中、常温の物体は濃い緑色、熱を出している物は白色に光って見える。

望遠モードで拡大しているので、ヘリの機体の細かい動揺で視野はぶれるが、屋上ヘリポートの中央で白色に燃えている残骸が目印になる。

その横――

探るように見た瞬間、視野の中で画像の焦点が合い、すべての物体がシャープに浮かび上がった。

焦点が合った。

今、間合い一〇〇〇メートル……

白色に光る残骸の横で、細長いパイプのような物体を担いだ人影が仰向《あおむ》けに寝そべり、先端をこちらへ向けている。

「コース、そのまま」

私は人影を視野の中心に置いたまま、機長にコールした。

「そのままだ」

闇夜の上空からまっすぐに近づくこのベル212を、テログループのＲＰＧ７の射手は仰向けの姿勢で狙っている。ランチャーを肩と両腕で保持している。

確実な射程距離に迫ったら、たった今神奈川県警のヘリをやったのと同様、ロケット弾を放って撃ちおとすつもりだ。顔までは判別できないが、向こうもたぶん暗視ゴーグルの望遠機能を使い、こちらに狙いをつけている。

ＲＰＧの弾頭は無誘導だが、おそらく遅延爆発信管をセットしている。八〇〇メートル飛んだ時点で、直撃しなくても爆発するようセットしてあれば、弾頭は命中しなくても至近距離で炸裂《さくれつ》する。

神奈川県警のヘリは、どうなった——

しかし下方を見やる余裕はない。

私は左手には携帯を握り、頰《ほお》の横に保持している。

萬田との通話は繫《つな》がったままだ。こちらのコクピット内でのやり取りも、すべてあの男には聞こえているはず。

「そのまま直進、もう少し——」

緑色の視野の中、ぶれる射手の姿を睨《にら》み、その人影の『気配』を読んだ。

こいつは。

この射手は。

短時間でＲＰＧを使い、自らの腕で二機のヘリを『撃墜』した。

普通の人間ならば興奮する。

成功に、酔っているかもしれない。任務を果たし生還すれば、組織の中では非常に高い評価を受けられるだろう。

そしてもう間もなく、三機目を撃墜できる――

（――――）

そうだ。

私は目を見開いたまま、視野の中の射手に心の中で呼びかけた。

そうやって、狙っていろ。

ゴーグルの拡大視野の中、その姿が少し大きくなり、輪郭がぶれた。

一〇〇〇メートルよりも内側へ入った。

（今だ）

「今だ、ダイブしろっ」

私が叫ぶのと同時に、機長が操作したか、強い上向きGがかかった。

視界が上方へ吹っ飛び、身体《からだ》が浮く――

「くっ」

ゴーグルを手放し、ペデスタルの端を摑んだ。前方視界が激しく上向きに流れ、夜景の地平線が頭上へ吹っ飛ぶ。

ベル２１２は瞬間的に機首を下げ、宙空で無理やり軌道を下向きに曲げた。ものの二秒でドームの屋上より低い位置へ。

「クッ」

目の前に暗い大地が迫る。

機長が息を詰め、大きく地面へ向け突っ込む姿勢から、操縦桿《そうじゅうかん》を引いた。

途端に、今度は床に押し付けられるような下向きG。

「い、今だ萬田」

私は歯を食いしばってGに抗し、携帯に怒鳴った。

「やれ」

ざざぁっ、という風切り音と共に視界は下向きに流れ、前面風防には地平線ではなく、ドームの湾曲した側壁が現われた。

超低空で地を這《は》っている。視野が壁で一杯になる。みるみる目の前に――

私の横で依田美奈子が小さく声を上げる。

ぶつかる……!?

その瞬間、機体は大きく右へ傾くと、操縦桿が引かれたか、視界は激しく下向きに流れた。

右へ九〇度バンク――

続いて、間髪を入れず左へ切り返す。

前方視界が逆回転し、今度は左へほとんど九〇度のバンクで旋回する。

下向きGがかかる。

今、この機体の運動を見る者がいたら、灯火を消した中型ヘリコプターがドームの側壁に激突する寸前、右方向へブレークし、次いで左へ切り返して、ドームの側壁すれすれを巻くように急旋回し始めた様子に息を呑《の》んだだろう。

「――萬田っ」

私はGに耐えながら、左手の携帯に呼んだ。

RPG7の射手は――

獲物であるこの機体が、適正射程に接近したと思った瞬間、下向きに運動してゴーグルの視野から消えた。

今にも、ロケット弾を発射し三機目の獲物を仕留めるところだった。それが屋上に仰向けになった姿勢からは見えない角度へ、潜った。

今にも『仕留められる』とトリガーを引きかけたところを、『視野から外れたのでやめておこう』とあきらめるのは、普通の人間には至難だ。

例えば、目の前に捉えた敵機を撃とうと固執して背後の警戒を怠り、後方から別の敵に撃たれてやられた戦闘機パイロットなどいくらでもいる。『仕留める寸前だった獲物』をあきらめることは、人間の心理には極めて難しい。

RPGの射手は、練成した技量の持ち主のようだが興奮状態にあるだろう。仕留めようとした獲物が視野の下方へ潜ったら、思わずそれを追いかけて撃とうと身を起こし、中腰になるか、あるいは立ってしまう――

『射手が立った、立った』

萬田の声が耳に響いた。

『坪内が撃った、いや待て』

「――!?」

『煙に隠れた、隠れた。当たったか不確実だ』

「何」

『坪内が撃ったが、命中は確認できない、射手は見えない』

「煙に隠れた、命中は確認できん」

私は携帯を耳に付けたまま、萬田の言う内容を大声で繰り返した。

「機長、射手を撃ったが、当たったかどうかは」

坪内沙也香は、立ち上がりかけた射手をスコープに捉え、狙撃《そげき》した。しかし燃えている残骸の煙に射手の姿が一瞬、隠れてしまったのか。

『煙は流れた、射手の姿は見えない』

やったのか……?

いや。

（不確実と見るべきだ）

くそっ……。

私は、ドームの側壁すれすれに急旋回するコクピット（戦闘機の機動並みの下向きGがかかっている）から視線を上げた。超低空だ。照明が全く無くとも、駐車場に溜《た》まった車のルーフの群れが、左側面窓のすぐ下を擦《こす》りそうに流れる。

屋上よりも低く飛んでいる。ドームの外側すれすれに回っているが、屋上より低ければＲＰＧには狙われない。

「機長、不確実だ」

「だが同じ手は二度使えん」

機長は左席で、超低空の急旋回を維持しながら言った。

「このまま、やるしかない」

「どうやる」

「インターコンチの建物を使う」

インターコンチ……？

何だ。

聞き返そうとした時、機長の操作で機首がわずかに上がった。

エンジン出力が増し、機体は浮き上がる。

何をするんだ……？

機体が浮く。なおも急旋回を続ける左の側面窓で、ドームの側壁が斜め下向きに流れ、ホール屋上の様子が目の高さに現われた。中央で炎上する残骸――

「うっ」

思わず目をすがめる。

屋上の高さに、上がった……!?

まずい。

向こうからも見える。

(狙われるぞ)

だが次の瞬間、流れる灰色の壁が目の前に現われ、屋上の光景を隠した。

この壁は――

ホテル棟か。

機体は旋回しつつ、ドームに寄り添って立つ高層ホテル棟の裏側へ入ったのだ。

インターコンチというのは、このホテルの……?

そう思った瞬間

「つかまれっ」

操縦席で機長が叫んだ。

ぐんっ

強い下向きGがかかり、視界に見えるすべてが下向きに吹っ飛んで流れた。

（うっ……!?）

機首が上がる。

天を向く――!?

（これは）

この機動は。

ハンマーヘッド・ターンか……！

ベル212はドームのすぐ外側を急旋回していたが、ヨットの帆のような形状のホテル棟の裏側へ入った瞬間、バンクを戻し、同時に天を向くほど機首を上げた。

つい先ほど山中の渓谷《けいこく》で機長がやって見せた、それは〈ハンマーヘッド・ターン〉だ。

狭い場所で、ヘリコプターは天を向くくらいに機首上げし、ほとんど空間を使わずに身を捻《ひね》るようにしてその場で向きを一八〇度変える。

ざぁああっ
風切り音と共に、前方視界は左向きに回転、横浜港の夜景が九〇度タテになり、ついで横向きに激しく流れた。

振り回される……。

身体が浮く。とっさに何かにつかまり、こらえるしかない。

ベル212はまるでハンマーでも振るように宙空で機首を振った。三秒とかからず、一八〇度も向きを変えた。

目の前の夜景が、順面に戻る。

Gが戻る。

同時に

「——行くぞっ」

操縦席から機長が怒鳴った。

「瀬名一尉、左舷《さげん》を奴らに向けてアプローチするっ」

「……!」

私は、機長の意図を理解した。

帆立貝のようなドームのすぐ外側を、地面を擦るような超低空で旋回に入ったこの警視庁ヘリは。

旋回しつつ機体を浮き上がらせ、一瞬だけ、ホール屋上の高さに姿を見せた。だがすぐにヨットの帆のような高層ホテルの裏側へ回り込んだ。裏側に入るや、ハンマーヘッド・ターンを使って瞬間的に一八〇度ターンし、機首を反対に向けた。

もしもRPG7の射手が生き残っており、この機が姿を見せた瞬間に、撃ちおとそうとランチャーを構えたら。

構えた直後、機体は高層ホテル――インターコンチネンタル・ホテルの裏側へ隠れてしまった。常人の感覚ならば、そのままの方向へヘリは飛ぶと考え、帆のようなホテルの陰から再び出て来るところを見越して、待ち構える。

ヘリのスピードから、姿を現わすタイミングも計れる。トリガーに指をかけて待ち構えるに違いない。

しかしベル212はホテルの陰の死角で瞬間的に向きを変え、反対方向へ飛んだ。

RPGの射手が使っている暗視ゴーグルは、暗闇でも赤外線視野で物が見え、望遠機能もあって便利だが。

その代わり視野が狭い。双眼鏡を覗いているのと同じだ。望遠モードで追いかけていた空中の標的を一度見失うと、夜空の中の一点に再び見つけ出すのは至難だ。

何秒稼げるかわからない、しかしこれでRPGに直撃されず、奴らに肉薄できる――

「振り回すぞ」

機長の声と共に、視界が開けた。

ホテルの陰から出た。今度は右の側面窓に、屋上の光景が展開した。

同時に、機長がラダーペダルを思い切り右へ踏み込んだか。

ぐるっ

視界が、左向きに激しく流れた。

まるで宙で尾部を振り回すように、ヘリの機体はその場で機首の向きを変え、屋上で燃えている残骸に正対した。そのまま機首を上げ、ローターのピッチを変え、揚力を減らすと残骸の辺りへ覆い被さるように下降する。猛烈なローターのダウンウォッシュで、残骸の上げる火焔《かえん》と黒煙が向こう側へ吹き飛ばされる。

燃える残骸を着陸ソリで踏み潰すような勢いで、ベル212は屋上へ降下した。

機長席の足下の左下方窓に、屋上の様子がみるみる大きくなる。残骸の向こうで人影が一つ、慌てたように長い物体をこちらへ向ける。

「ランディング・ライト！」

機長が怒鳴る。

「照らせ」

「は、はいっ」

副操縦士が反応し、オーバーヘッド・パネルのスイッチを叩《たた》くように入れる。

真っ白い光芒《こうぼう》が、まるで柱のように下方へ伸びて人影を照らし出す。

たまりかねたようにのけぞり、人影は自らの顔から、何かをはがし取ろうとする。

その長い物体を担ぐ人影——やはりRPG7の射手か……⁉

狙撃されず、生き残っていたか。

ホテル棟の、狙っていたのとは反対側からこの機が現われたので、慌てて狙い直そうとした。ライトに目がくらみ、暗視ゴーグルを捨てて撃つつもりか……⁉

「機長っ」

私は怒鳴った。

「俺がやる。五フィートまで下げてくれっ」

「左舷を向けるぞ」

「分かったっ」

私は、機首上げ姿勢（ヘリは着陸では機首上げ姿勢になる）で急な下り坂のようになった床を蹴《け》り、ハッチから後部キャビンへ駆け込んだ。

機体は沈降している。外は見なくても感覚で分かる。プラットフォームの着地面までの高さ、五〇フィート、四〇フィート――

「くっ」

キャビン左舷側のスライディング・ドアに飛び着くと、開閉ハンドルを掴んだ。

操作法は、レンジャー課程で何度も使用したので憶えている。ラッチを引き、左へ回してロックを外す。

手ごたえと共に、左側面のスライディング・ドアが勢いよく開放された。焼けるような空気が、猛烈に吹きつける。

同時に機体はプラットフォームの上、三〇フィートの宙を下降しながら右へ機首を振るように回転させ、左の側面を燃える残骸へ向ける。

ぶぉおっ
凄《すさ》まじいダウンウォッシュだ。ローターから吹き下ろす空気の圧力に、残骸の向こう側でいくつかの人影が、のけぞりながら後ずさる。

その頭上へ迫る。

人影は四つ――テログループか。

その中の二つが、後ずさりながら腰だめにした短い銃身の銃器らしき物を上向きにし、構える。先端から閃光《せんこう》が瞬き、同時に私の立つ床下でカカカッ、と金属を叩く響き。

やはりマシンピストルか……？　MP5か何かだろう。本能的に、着陸灯の光源に向けて撃って来る。機体の底面にばかり当たる。ヘリはエンジンを撃たれない限り、底面に銃弾を食らったところで大したダメージは受けない。

しかし二つの蒼白《あおじろ》い閃光の五メートルほど左横、暗視ゴーグルをかなぐり捨てた人影が細長いランチャーを担ぎ直し、のけぞりながらこちらへ向けようとする。

(やばい)

RPGだ。至近距離で発射される――

2

「くそっ」

私はとっさにステップを蹴り、スライディング・ドアの開口部から跳んだ。耳で、風が唸《うな》る。

高さ五メートル。

落下する。目の下にRPG7のランチャーをこちらへ構え、今にも発射しようとする射手が迫る。顔全体を覆面で覆っている――その覆面へ向け、宙で両膝《りょうひざ》を突き出し、そのまま落下した。

骨の砕けるような手応《てごた》え。射手の男を仰向《あおむ》けにぶち倒し、その身体をクッションにして着地した。同時に男の持っていた細長いランチャーを右手で奪い取り、プラットフォームの床面に回転しながら立ち上がった。

（……！）

左の真横、間合い一メートル半に別の男。

射手に弾頭を手渡す係だったのか、MP5は所持していない。覆面の下で言葉にならぬ叫びを発すると、その男は腰のホルスターに手をやった。拳銃《けんじゅう》を抜こうとしたか。一瞬、私から目がそれる。

その隙《すき》を突き、私は息を止めると奪い取ったランチャーを両手に持ち替え、左足を踏み込みながらバットのように振った。スイングした紡錘形の弾頭が覆面の頭部をヒットし、男は「ぐぎゃっ」と悲鳴を上げ横ざまに倒れる。

もう二人――

私は男を打ち倒した勢いをそのまま、身体を一八〇度回転させ、振り返る。

正面、間合い五メートル。頭上のヘリを撃っていた二人が、驚いたようにこちらを見る。どちらも覆面。

(くそっ)

RPGのランチャーを、私が肩に構え直すのと、二人が腰だめにしたマシンピストルをこちらへ向けるのはほとんど同時だった。

ロケット砲は発射される直前だった。安全装置は外れている。右手で把柄を握り、人差し指をトリガーに掛ける。これと似た火器をレンジャー課程で何度か撃っている。五メートル前方に立つ二つの覆面の人影の中間に向け、RPG7のトリガーを引き絞った。

ドシュッ
火焔と共に、弾頭が撃ち出され、瞬時に超音速に加速した衝撃波が目の前に立つ二人を左右へ弾《はじ》き跳ばした。

「ぐ」

「ぎゃっ」

ロケットモーターに点火した弾頭は、何も無い宙空へ飛び去ったが、それを目で追う暇は無い。

私はランチャーを放り捨てると床を蹴り、横ざまに吹き飛ばされて倒れた片方の一人へ襲いかかる。その腕からマシンピストル——短機関銃を奪い取る。

やはりMP5か。素早く手に持ち替え、倒れた男の脚に向けて撃った。一連射。

「ぐぎゃあっ」

悲鳴が上がるが、殺してはいない。

動けなくすれば十分だ。拳銃やナイフも使えぬよう、両肩も撃ち抜く。

続けざまに、もう一方に倒れている覆面へ駆け寄ると、その手のMP5を蹴り飛ばし、
また脚に向けて撃った。

「ぎゃぁあっ」

その両肩も撃ち抜く。

「ぎゃっ」

「殺しはしない、我慢しろ」

呼吸を整えながら、振り返る。

ちょうど青と銀色のベル212が、着陸灯でプラットフォームを真っ白く照らしながら
残骸の向こうへ着地するところだ。テールブームに『警視庁』の文字。

コクピットに黒いヘルメットの機長と、副操縦士が見える。下方から銃撃を受けたが、
ヘリにダメージは無いようだ（私が四名を制圧したのを確認し、機長は残骸の向こう側へ
降りる判断をしたか）。

着陸用ソリが接地するかしないかのタイミングで、私が跳び出したのとは反対の右舷側スライディング・ドアが開かれ、人影が二つ、向こう側へ跳び下りる。SAT隊員と依田美奈子だ。

「――――」

私は奪い取ったMP5を右脇に挟むように構え、周囲三六〇度をぐるりと見回した。

倒した四名の他に、〈敵〉はいないか。

いない、か……。

耳に気配は感じない。

ヘリのローターのダウンウォッシュと、タービンエンジンの轟音《ごうおん》の中でも。殺気を持った人間の立てる物音や気配は、周波数が違う。不思議に耳で感じ取れるものだ。

数年前に伊豆の山中で、飢餓と疲労と睡眠不足の中で『会得』した感覚のようなものが、蘇《よみがえ》る感じだ。

ふと

(――?)

何だ。

何かを感じた。

足元か。

倒したテログループの男——四人の中の一人。仰向けのまま
MP5マシンピストルを蹴り跳ばされ、両脚、両肩を撃たれて動けない。

「ぐぁっ、ぐぁっ」とくぐもった声を上げ、もがいている。

ヘリの放つ灯火で、その服装や風体が見える。

サバイバル・ゲームでもする連中のようだ——

安っぽい感じの、迷彩入り戦闘服。それに頭全体を覆う黒いニットの覆面。人相は判《わか》らない。

下のホールで、どのようなイベントが行われていたのか、定かでないが。

このような格好で、最初から会場へ侵入できたはずはない。場内のどこかで着替えたのだ。銃器も隠して持ち込んだのか——? MP5は銃身が短く、ボストンバッグに入る。

あの射手の男が担いでいたRPG7ランチャーも、たとえばゴルフバッグになら入る。

芝居がかった安っぽい扮装に見えるが。このような格好なら、後から神奈川県警が防犯カメラの映像をプレイバックして解析しようとしても、出自が分からない。日常、社会のどこで何をしている人間なのか——

(————)

足元の気配は、振動音だ。

何かが振動する、微《かす》かな響きが『別の周波数』で耳に届いた。

私は再度、周囲三六〇度をぐるりとチェックする。

警視庁ヘリの機体の向こう、プラットフォームの端の床に、いくつかの人影が小さく這い上がるように姿を現わす。一つ、二つ――

SAT隊員と依田美奈子の後ろ姿が駆け寄っていく。

その様子を確かめると、足元のテログループの一人に目を戻した。

覆面の男は仰向けのままもがいているが、油断はできない。

私はMP5を構え、もがく左右の腕にさらに一発ずつ発射し、撃ち抜いた。

「ぐぎゃっ」

「俺を殺そうとしただろう、文句を言うな」

完全に身動きが出来ないようにしたうえで、屈《かが》み込む。

振動音は、覆面の男の戦闘服の胸からだ。

MP5は右腕に保持し、左手を伸ばして、男の戦闘服の胸部を覆うベストを指で探った。いくつもあるポケットの一つが震えている。ベルクロテープを剝《は》がし、めくった。

（……？）

電話か……？

ポケットの中で振動していたのは携帯だ。

ガラケーか。萬田の所持していたのと似たような、スマートフォンではない携帯。機密保持を重視する人間は、今でもこのようなタイプを使うという。

二つ折りの携帯を、つまみ出す。

覆面の男は「うーっ、うーっ」とうめき声を上げる。手足を撃ち抜かれ、身動きは出来ない。それでももがく。私が「殺さない」と言ってやったのが聞こえなかったか……？

「――」

指で携帯を開き、画面をあらわにした。

液晶画面に『番号非表示』の文字。着信が来ている。

受話器を上げるマークのついたボタンを押すと、携帯を耳に当てた。

振動が止む。

『――』

通話の向こう、何者かが息をする。

私も耳を澄まし、口は閉ざしたまま周囲を見た。

右手のＭＰ５は、トリガーに指をかけた状態のままだ。

左手で携帯を耳に当て、その姿勢でもう一度、周囲三六〇度をぐるりと見回す。

階下から――ホールの内部から上がって来る階段の出口も、見える。しかしプラットフォームの上に、ほかに怪しい人影はない。

（――〈回収対象者〉は……？）

ベル２１２の機体の向こう、プラットフォームの端では、先に這い上がった一つ目の人影が、上がるのに手こずっている二つ目の人影を助け、引き上げようとする。駆け寄った依田美奈子がさらに加わって引き上げる。

引き上げられた影は、プラットフォームの床面に崩れそうになるが、美奈子と一つ目のシルエットが両脇から支えるようにし、立たせる。

続いてSAT隊員に手を貸され、現われた長身のシルエットは萬田だ。さらにすらりとした、身のこなしの良いシルエット。手伝いは必要とせず、ひらりと床面に立つ。細身のライフルらしきものを手にしている。

あの女か――

萬田は「四名で隠れている」と言っていた。あれで全員か。

私は、合計六つの人影がヘリの機体へ向かって動き出すのを目で確かめながら、耳に注意を集中した。

『ボ』

ふいに、低いくぐもった音がした。

聴力検査で聞かされるような――

『ボマエ』

何だ……？

眉《まゆ》をひそめる。

それが機械で低く変調された人間の声であることに、一瞬を置いて気づく。

『ボマエワダレダ』

お前は誰だ……？

そう言ったのか。

ふぐっ、ふぐっというくぐもった悲鳴に、足元へ目を向けると。

頭全体を隠す覆面の下で、眼《め》を見開き、男はもがいている。頭をそらし、血走った眼を斜め上方へ向ける。

「ふぐぐっ」

「……？」

怖がっている……？

私は、男の見開かれた目玉が向けられる宙を振り返った。

広大な夜空。

停電させられ、真っ暗になったパシフィコ横浜の周囲は、灯火の瞬く通常の夜景だ。遠巻きに、いくつもの高層ビルが星空に向け突き立っている。それらは光点をまぶした黒い塔のようだ。

高層ビルの一つを見ている……？

「ふぐぐっ、ぐぐっ」

覆面の男が胸をのけぞらせ、唸った。

「ぐっ――ばずし」

「？」

何と言った……？

男は両腕を上げようとするが、撃ち抜かれているから上がらない。ただ震えるだけだ。それでも震える手を自分の胸へやろうとする。

「ばずじでぐ」

「……？」

『――クク』

喉《のど》を鳴らすような音を最後に、通話が途切れた。

目の下で男がもがく。のけぞるようにもがく胸に、目を引きつけられた。

防弾ベストを着けているが――盛り上がり方が大きい。

何だ。

異様なものを感じた。

何なのか、分からない……。感覚が教えるまま、私は携帯を上着のポケットへ突っ込むと、男の胸を覆う濃緑色のベストのファスナーをつまみ、引き下ろした。

「……!?」

ベストの下に、何かが現れた。もう一枚、白っぽい網状の繊維で編まれたプロテクターが男の胸部を覆っている。いや——

プロテクターじゃない……。

男の胸部を密着して覆う白い網目の下には、特大の板チョコのような物体がびっしりと編み込まれて並んでいる。

ピッ
その上に、小型の黒い受信機のような物体が張り付けられ、その表面のランプが緑から赤色に変わり、明滅を始めた。

ピピッ
「ふぐわぁっ」

男は悲鳴を上げ、のたうつが手足が使えない。

「ば、ばずじでぐれぇっ」

「————」

これは——

息を呑み、次の瞬間、私は床を蹴った。

「乗り込めっ」

ベル212の機体へ向け、駆け出した。駆けながら声を張り上げた。

「早く乗れ」

怒鳴りながら最小限の間隙《かんげき》で燃える残骸を廻り込み、ヘリの左舷側へ駆け寄る。

テールブームに『警視庁』の文字を描き込んだベル212は、ローターを回しっぱなしで待機している。いつでも離昇出来る――

プラットフォームの床を蹴り、左舷スライディング・ドアの開口部へ飛び乗ると、そのまま右舷側の開口部へ駆け寄る。

ほとんど同時に、依田美奈子と、もう一つの人影――パンツスーツ姿の女性だ――が両脇から挟むように支えながら小柄なシルエットを連れて来るところだ。

（!?）

私はそのシルエットに、一瞬だけ目を見開く。

何……。

（これが、〈回収対象者〉……?）

だが訝《いぶか》っている余裕は無い。

「乗り込めっ」

手を伸ばし、その少女――明らかにまだ十代だ――の左手首を掴《つか》むと、引いた。

柔らかい体重を、ヘリのデッキへ引き上げる。

「う」

うめくような声を上げる。

引きずり上げ方が、多少乱暴だったが仕方ない。

何だ、この衣装は……

目は、その少女の身を包むコスチュームに一瞬、引きつけられるが。

「早く乗れっ」

私は、続く五人へ怒鳴り、搭乗を促した。

依田美奈子、パンツスーツの女性、萬田、SAT隊員が這い上がり、最後にぴったりとした黒いコスチュームに身を包んだ女――坪内沙也香がライフルを放《ほう》り捨て、デッキの縁に手をかける。

「――出せっ」

私は、坪内沙也香がデッキの縁を摑むのと同時に、機体前方のコクピットへ叫んだ。

後部キャビンとコクピットの間のハッチは、開け放されたままだ。

「機長、出――」

最後まで叫べなかった。

私が声を張り上げ「出せ、爆発するぞ」と叫ぶのと、機体の左舷側で燃える残骸の向こう、テログループの四名が倒れている辺りで火球が膨れ上がるのは同時だった。

衝撃波が押し寄せ、機体を斜めに押しやろうとする。

ベル212は大きく右へ傾き、なぎ払われようとするが、そのまま浮き上がった。機長がとっさにエンジンの出力を増し、機体を浮揚させたか。

「う」

「うわっ」

「きゃっ」

膨れ上がる火球に押しやられるように、ベル212はドームの屋上から宙へ舞い上がる。斜め下から突き上げる、凄まじい衝撃。

さらに大きく右へ傾《かし》ぐ。

全員が、慌てて床にしがみつく。固定されていない物が一斉に滑り、右舷側開口部から外気の中へ放り出される。

黒いコスチュームの女の手の指が、デッキの縁から離れる。

(……！)

私は「つかまれっ」と叫び、とっさに右舷側デッキに腹ばいになると、振りおとされかけた坪内沙也香の手首を摑み取った。黒いコスチュームの女は、私の右手首を自分のもう片方の手で摑み返し、宙にぶら下がった。

風になぶられる女の顔の下方に、真っ暗な駐車場——高さは二〇〇フィート。

一瞬、目が合う。

切れ長の目。

つい半日前、私の首筋に針を刺して眠らせた女工作員――

「――くっ」

力を込め、女の体重を引き上げる。

そこへSAT隊員も手を伸ばし、引き上げるのを手伝う。二人掛かりで右舷側デッキへ引きずり上げるのと、ヘリの姿勢が水平に戻るのは同時だった。

「はぁっ、はぁっ」

まだ揺れるデッキに両肘《りょうひじ》、両膝をつき、女は背を波打たせるように息をつく。

身体にぴったりとした黒いコスチュームのせいで、まるで雌の豹《ひょう》が呼吸を整えているかのようだ。

いや、女の身を包む伸縮性に富んだ上下一体コスチュームは、戦闘用ではない。まるでバレエ教室で生徒たちを指導する講師のようだ。そのコスチュームの上に、ポケットの多数ついた防弾ベストを羽織っている。

「あきれた、人」

女は息をつきながら、言う。

「ロケット砲で、二人一度に吹き飛ばすなんて」

「見ていたのか」

「わたしが狙撃する前に、あなたが倒してしまった」

「――」

坪内沙也香は顔を上げ、私を見た。

私も女を見た。

その横で、若いSAT隊員が目を見開き、私と女を見比べる。

「――おい、いったい」

あのホールで、何が起きていたのか。

女に訊ねようとしたが
「こほっ」

小さくせき込むような声がした。

続いてその声が、悲鳴に変わる。

「み、みんなが」

振り向くと。

少女だ。先ほど私が目を見開いた、白いコスチューム姿。ヘリのキャビンの床にぺたんと座りこみ、その両脚を広がった短いスカートが覆っている。何枚もの白と赤のフリルを重ねたそれは、立ち上がっても横に広がるのだろう。肩をノースリーブで露《あら》わにし、肘までを覆う白い手袋。手袋は手の甲で止めるようになっていて、指先はすべて露わになっている。凝った造りだ。

その両手で顔を覆うようにして、少女は指の隙間から、左舷側の開口部に広がる光景を見ているのだった。

「みんながっ」

小さく悲鳴を上げる。

白い横顔は、うなじまでの髪に、耳を出している。髪飾りも付けているが、ヘリのダウンウォッシュで吹き飛ばされたか、外れかかっている。

ベル２１２は大ホールのドームに左舷を向けた姿勢のまま、急速に遠ざかる。

闇夜の底、爆発の起きたプラットフォームが、帆立貝のような湾曲した屋根の上で崩れかかる。

少女はその光景に思わず、という感じで左側の開口部へ乗り出そうとする。

「みんなが死んじゃう」

「大丈夫」

坪内沙也香は声をかけると、膝立ちのままで少女の背に近づき、その両肩を背後から掴んだ。

「いいこと。あのくらいの爆発で、ホールの構造は崩落しない。ホールごと吹き飛ばすには、もっとたくさんの爆薬が要る」

「――せ」

少女は、両肩を摑んだ工作員の女を振り仰いだ。

「先生」

（……？）

先生……？

今、少女はそう言ったのか。

さらに意外に感じたのは、少女は顔は小さく華奢《きゃしゃ》で、人形のように整っているが、声が低いということ。下方の闇の底で爆発炎上するヘリポートを目にして、ショックは受けているようだが座り込んだ上半身は背筋が伸びている。体幹がまっすぐなのだ。日頃から、よく鍛えているのか。

「あ、あの」

私の横で、SAT隊員が我に返ったように立ち上がった。

右舷側のスライディング・ドアのハンドルに取りつく。

「閉めます。寒いでしょう」

若いSAT隊員は、右舷側、続いて左舷側のスライディング・ドアを次々に閉じる。

吹き込む風が無くなり、確かに後部キャビンの空間は暖かくなり、頭上のタービンエンジンの轟音も低くなった。

ＳＡＴ隊員はどこからか濃緑色の毛布を取り出してくると、座り込んだ少女の前へ片膝をつき、さし出した。

「ど、どうぞ」

「ありがとう」

少女ははっきりとした声で応え、毛布を受け取る。

隊員は緊張したように「い、いえ」と応じる。

そこへ

「よし、いい」

キャビンの床の一方から、萬田路人の声がした。

見やると、床に腰を下ろし、膝を投げ出している。

普段から立ち居振る舞いに隙を見せない男にしては、あまりきちんとしていない。陸上選手がマラソンを走りきった直後のような、消耗した様子だ。まだ呼吸を整えている。

今の「いい」という言葉は、それ以上は少女に構わず、下がっていろというニュアンスか――？

（いったい）

いったいこの少女は、何なのだ。

私は萬田にも問おうとしたが。

その時
「すみません」

少女の声がして、また私を驚かせた。

「すみません、みなさん。わたしのせいで」

白いコスチューム姿の少女は、床に座り直すと、キャビンの中にいる面々——私と萬田路人、依田美奈子、SAT隊員、眼鏡をかけたパンツスーツ姿の女性、そして彼女の傍《そば》に膝をついた坪内沙也香を順に見回し、手をついて頭を下げた。

「こんなことになって。すみません」

3

「すみません——」

少女は正座したままうつむくと、唇を結んだ。

膝の上で握り締めた手。白くなったその甲に、透明な滴がおちる。

この少女……。

誰《だれ》だ。

見覚えがある——この顔と姿、どこで見ただろう。

訝っていると
「瀬名一尉」

耳元で、声がした。

依田美奈子だ。

「あなたが助けてくれました。〈回収対象者〉です」

「……？」

振り向くと。

依田美奈子はいつのまにかタブレット端末を手にしている。

画面を開き、私に示す。

（……これは？）

写真だ。

目の前にいる少女の、上半身の写真。

少し髪型は違うが、本人だ。

色、デザインも若干違うが、似たようなステージ用と思われるコスチューム姿。顔をカメラにまっすぐ向け、笑ってもいない。

少し前に撮られたものらしいが、白い耳を外へ出す髪型は同じ。大きな眼鼻立ちと、髪から飛び出すような両耳。カメラへまっすぐに向ける目線から、意志の強さのようなものが伝わってくる。

プロフィール写真の下に名前がある。

〈チームＡ　小波彩〉

私は眉をひそめる。

「こなみ、あや……？」

「小波《こば》彩《さやか》です。若い子なら、みんな読めますよ」

「…………」

「彼女を知らないんですか？」

「…………」

どこかで目にした気はするが――

「あなたが悪いんじゃない」

目の前では坪内沙也香が、少女の両肩を抱きかかえる。

「悪いのは、襲ってきた〈敵〉。あなたのせいではない」

「――――」

「悪いのは〈赤い白アリ〉の連中よ。負けてはいけない」

「――でも」

少女はうつむいている。

うつむいたまま唇を噛む。

「でも、みんなが……。メンバーも、来てくれてたファンの人たちも」

大ホールの中での出来事を思い出しているのか。

いったい、どんな惨劇が起きた……。

〈敵〉——あのテログループは、この少女を暗殺するために襲って来たというのか？

「彩」

坪内沙也香（偶然なのか、少女と名前の読みが同じだ）は、優しい口調になった。

「メンバーもファンの子たちも平等に『みんな』って呼ぶところが、あなたの徳ね」

「先生」

「ごらん」

沙也香は少女を促し、私の方へ注意を向けさせた。

「こちらが、瀬名一輝《かずき》一等空尉。あなたを〈月の世界〉へ連れて行くパイロット」

「——」

少女は顔を上げた。

何だ。

今、坪内沙也香は何と言った……？

だが訝る私に、少女は向き直った。

潤んだ大きな目で、目礼した。

そうか。

混乱しながらも、その目を見返し、会釈を返しながら思いついた。

(——真珠の見ていたビデオだ)

この少女の顔を、どこで目にしたのか。

思い当たった。

私は、住居にしているマンションの部屋にTVは置いていないし、新聞もとっていない(偏向した報道ばかり見させられても意味がない)。

日常、五歳の真珠には、パソコンで幼児向けの映像コンテンツを見せている。でも放っておくと、真珠はユーチューブで勝手に動画を見ている。ミュージックビデオだ。保育園ではやっているのだという、アイドルのグループが集団で歌って踊るパフォーマンス。真珠は踊りはしないが、アンジュ保育園では振付を真似《まね》て踊る子が多いという。

「瀬名一尉、小波彩です」

沙也香は、横目で少女を示し、あるアイドルグループの名を口にした。

(……?)

それは、メンバーの人数を名称に入れている『国民的に有名』と言われるグループだ。私ですら、そのグループ名を耳にしたことがある。保育園の園児たちがパフォーマンスを皆で真似するくらいだ。ビジネスとしても大成功している。

「彩は、その中でチームAのキャプテンであるだけでなく、グループの総監督を任されています」

「……？」

総監督……？

さらに沙也香は、驚くことを口にした。

「わたしは設立当初から、このグループで振付を教えている。これまでヒットした曲は、大体わたしが振り付けた。いつもは出来ないけれど、大きな公演の時には付ききりで指導するわ」

何だって……？

「――君は」

私は昨日の夕方、初めて目の前に姿を見せた時の女を思い出し、訊いた。

「普段の表向きの仕事は、自動車会社の役員秘書では」

「恩田の会長秘書は、妹」

坪内沙也香は、何でもないように頭を振る。

「もっとも、わたしが恵利華になりすまして恩田自動車の本社に出入りしても、誰にも気づかれないけれど」

「――――」

「瀬名一尉」

背後から声がした。

萬田路人だ。

「今回、君に頼む仕事だ」

「――――」

振り向くと。

萬田はまだ苦しげに息を整えながら、キャビンの中央に座る少女を顎で指した。

「その〈姫〉――小波彩を連れて、平壌まで飛んで欲しい。平壌郊外で待ち受けている向こうの保守派の人々に、身柄を届けてくれ」

「どういうことだ」

「瀬名一尉」

私の横で、依田美奈子が言う。

「新しい最高指導者を――あの国を正しい道へ導く『正統なる血筋』の最高指導者を、地位につけなければなりません。一分でも早く」

「――――」

私は絶句する。

「ちょっと待ってくれ」

私は目を見開き、萬田路人、依田美奈子、壁際で棒立ちになっているSAT隊員、キャビンの中央に膝をつく坪内沙也香と眼鏡のスーツ姿の女性、そして白いコスチューム姿で正座している少女——小波彩を順に見た。

そうか。名前までは頭に残っていなかったが……。真珠の見ているビデオクリップで、フォーメーションを組んで踊る少女たちの群れの中に、確かにいた。中央ではないが、だいたいいつも最前列で、目まぐるしいカット割りの中でアップになることも多い。

この少女（十七歳くらいだろうか）は、小波彩というのか。

しかし——

「瀬名一尉」

依田美奈子が、横で畳みかけるように訊《き》く。

「F4ファントムの操縦経験は、おありですか」

「——待ってくれ」

私は美奈子を手で制すると、少女の横の坪内沙也香を見やった。

「どういうことなのか、説明してくれ。わけがわからない」

すると

「彩は」

工作員の女は横の少女を目で指し、口を開きかけるが

「先生」

少女が坪内沙也香を制するように、口を開いた。

「わたしから話します」

4

三十分後。

ヘリは丹沢山塊の峡谷を抜ける際、再びもみくちゃにされたが、富士山の南側へ伸びる山嶺《さんれい》を越えると、あとは静穏な気流の中を飛んだ。

と言っても、山岳地帯の稜線《りょうせん》より下の高度を、低空で飛ぶことに変わりはない。

コクピットでは機長が再び暗視ゴーグルをつけ、前方の闇を注視しながら無言で操縦を続けていた。

私は操縦席後方のオブザーブ席にいた。

依田美奈子から借り受けたタブレットを開き、画面にF4EJ改の操縦マニュアル――テクニカル・オーダーを出し、スクロールさせながら眺めていた。

フォト・リーディングと呼ばれる速読技法は、私がレンジャー・バッジとは別に体得した特殊技能の一つだ。しかし心身ともに力を抜き、自らをリラックスした状態にしなければ、眼球から脳へ情報は流れ込まない。

昨日の北朝鮮――開城工業団地への飛行に際しては、スカイアロー航空の訓練施設のブリーフィング・ルームで、与えられたMD87旅客機のマニュアルを短時間で頭にいれられたが。

今回は――

（――――）

つい三十分前、殺されかける目に遭い、切り抜けて、この状況だ。

神経の興奮はなかなかおさまらない。

いかん……。

画面のスクロールをやめ、目を閉じる。

すると。

――『わたしから』

声が蘇る。

つい三十分前のこと。

十代後半の少女にしては、そして凄まじい銃撃にさらされ殺されかけた直後にしては、低い、落ち着いた声。

――『わたしから話します』

小波彩という名の少女。

国民的に有名な、多数のメンバーを擁するアイドルグループで中心的な存在――『総監督』と呼ばれるポジションにいる。

今夕、パシフィコ横浜の大ホールでは、そのグループの主催する大規模なイベントが開かれようとしていた。まさにそこを、テロリストのグループが襲撃したのだ。

後で、坪内沙也香が話してくれた『その時の状況』はこうだ。

巨大な貝を想《おも》わせる、大ホールの場内へ観客が入り、イベントのオープニングを迎えようとしたその時。どこからかガス弾が撃ち込まれ、白煙が噴出する中、テログループがすべての入口から乱入して来た。彼らが目指したのはステージだ。ホールの宙空へ向け銃が乱射され、観客がのけぞって道を空ける中、突入して来た。同時にすべての照明と灯火が切られ、真っ暗になった。

坪内沙也香は、〈姫〉というコードネームで呼ばれる少女を、日常から交代で警護する任務についていた。実は少女は、生まれた時からずっとその身を〈巣〉《ザ・ネスト》の組織が見守り、身辺を密《ひそ》かにガードして来たのだという。現在のNSCに女子の工作員が多いのも、小波彩を交代で警護する必要があったためだという。

〈総選挙〉と呼ばれる大規模なイベントに際し、坪内沙也香はグループの振付担当講師として会場へ入っていた（早朝、空自の美保基地で私の首筋に針を刺し失神させてから、すぐに東京へ戻り日常の任務についたらしい）。

午後遅くにマカオで暗殺事件が起き、情況の急変を察知したNSCが急きょ工作員三名を〈回収班〉として会場へ派遣するのと、〈敵〉――すなわち〈赤い白アリ〉が小波彩の暗殺のため武装グループを差し向けたのはほとんど同時だったようだ。

ガス弾の最初の一発が場内の空間へ撃ち込まれた瞬間、坪内沙也香は警護対象である小波彩をかばい、とっさにバックステージへ引きずりおろすようにして逃れた。武装グループは暗視ゴーグルを装着しており、ステージへ向けMP5マシンピストルを連射した。

小波彩を引きずり倒して伏せた上を、銃弾がなぎ払ったという。

あとは混戦になった。

わたしのせいですみません――先ほど少女はこぶしを握り締め、言った。

実際、どれくらいの人間が犠牲となったのか……。神奈川県警が大挙して駆け付け、現場のホール内で救助活動を行なった後でなければ、武装グループの銃撃に巻き込まれ犠牲となった人の数は判明しないだろう――

いったい。

小波彩は、何者なのか。

この少女を今夜中に平壌へ連れて行かなければ、東京に核ミサイルがおちる……?

わけがわからない。

私が坪内沙也香に「どういうことなのか、説明してくれ」と乞《こ》うと。

口を開きかけた坪内沙也香を「先生」と遮り、小波彩は言った。

「わたしから話します」


ヘリは、爆発するプラットフォームから間一髪、離脱した直後だった。後部キャビンでは壁際に立つSAT隊員を除き、皆が座り込んでいた。

その中央で、小波彩は両膝を合わせ、きちんと正座していた。

背筋が伸び、姿勢はよい。座り姿だけで、人の目を引きつけるようなところがある。

「はじめまして。小波彩と申します」

少女は、あらためて私に向けお辞儀をした。

「芸名でなく本名です」

「瀬名だ」

私は、だらしなく腰を下ろしていられない気分になり、少女に向け威儀を正した。

「瀬名一輝」

「先ほどは、ありがとうございました」

「礼はいい」

私は頭を振った。

私にも今、護《まも》りたい人間はいる――

そのために必要ならば、生命《いのち》がけで戦いもする。

「自分に出来ることは、するつもりだ。ただ情況が分からない。君を」

「――――」

「君をなぜ、半島へ連れて行かなければならない」

「――わたしは」

すると少女は、自分の白いコスチュームの胸に右手を当てた。

「わたしは、実は」

「待って」

依田美奈子が、遮るように言った。

「待って。外してください」

依田美奈子は、少女を手で制するようにしながら、壁際に立つ戦闘服のＳＡＴ隊員に
「外してください」と言った。

機密だから、聞かれると困るのか。

だが。

「いいわ」

小波彩は、壁際で戸惑う表情を見せるＳＡＴ隊員へ言った。

「あなたも、話を聞いて」

「彩」

依田美奈子も、この少女の警護を受け持つことがあるのか。

普段からの面識はあるのだろう、たしなめるように呼ぶが
「構いません」

小波彩は頭を振る。

「生命がけで、一緒に戦ってくれています。こちらの方も仲間です」

「――――」

依田美奈子は口をつぐむ。

私の横で、むっとした表情で少女を見やるのが分かる。

壁際で、若いＳＡＴ隊員は「どうすればいいんだ」という感じで、彩と美奈子を交互に見るが
「いいの。そこにいて」

彩は、場を仕切るかのように、落ち着いた声で告げる。

依田美奈子に文句は言わせない、という感じだ。

「生命を賭《か》けてくれる仲間に、いつわることは出来ません」

「彩」

「こうなっては隠しても仕方ありません、美奈子さん」

（――〈姫〉……か）

萬田は少女を〈姫〉と呼んだ。

その呼び名はコードネームとして、組織がつけたのだろう。

しかし少女――彩のものの言い方は、昔のどこかの国の宮廷で、姫がお付きの女官の進言を撥《は》ねのけるかのようにも見える。

実弾で狙われる戦闘など、もちろん初めて体験しただろう。極度のストレスと恐怖で、普通の十代の女の子であればパニックに陥り、錯乱していてもおかしくない。

先ほどのプラットフォームの縁の下から這い上がる様子を見ても、心身は消耗しているはずだ。

だが、その心身の状態で正座して背筋を伸ばし、落ち着いた物言いで十歳も歳上のはずの依田美奈子をぴしゃりと黙らせる。

意志が強いのか……。

感心して見ている私に、小波彩は向き直り、また胸に手を当てた。

「聞いて下さい、瀬名一尉。わたしは――ぐ」

その瞬間だった。

横にいた坪内沙也香が右手を一閃《いっせん》させると、少女は「ぐっ」とうめいて前のめりに倒れた。

頽《くずお》れるコスチュームの上半身を、横から坪内沙也香は抱きとめる。

私は目を見開いた。

何だ……？

「薬は使っていない」

膝の上に、うつぶせるように倒れ込んだ少女の背をさすり、女工作員は言った。

「緊張を解いただけ。少しお眠り、彩」

言いながら、少女のうなじに突き立った細い針を抜く。

今の、目にもとまらぬ手の動きは――

針か。

坪内沙也香の膝の上で目を閉じ、小波彩は寝入ってしまった。

また、あの針――

眉をひそめる私に、女工作員は顔を上げた。

切れ長の目で、膝の上の少女を指す。

「言い出したら聞かない。この子は昔からそうだった。芸能界入りも、組織が総出で止めようとしたけれど、聞かなかった」

「――――」

私だけでなく、キャビン内の全員の視線が、坪内沙也香に注がれる。

女工作員は集中する視線を受け止めると、壁際に立つＳＡＴ隊員を見上げ、訊いた。

「あなた、所属は」

「その戦闘服――警視庁特殊急襲隊ね」

「その通りです」

隊員は威儀をただし、うなずく。

「ＳＡＴ第一小隊所属、五味《ごみ》巡査長です」

「いいわ」女工作員もうなずく。「あなたが、ここで見聞きしたことは。国の特定機密に該当します。口外すれば罰せられる」

「しょ、承知しています」

五味巡査長と名乗った隊員――二十代半ばくらいだろう――は、殊勝な表情になり、うなずいた。

黒いコスチュームの坪内沙也香と、その膝の上にぐったりとうつぶせる白い衣装の小波彩を見て、頬を紅潮させた。

「決して口外しません」

「いいわ」

坪内沙也香は、また私へ向き直ると、言った。

「瀬名一尉。この小波彩は」

「……？」

「十七年前、当時の人民共和国の二代目の最高指導者と、ある日本人の女優との間に生まれました。金日成の直系の血を引く子孫――初代最高指導者の実の孫娘です」

「……な」

何だって……？

私は目を見開く。

坪内沙也香の膝に崩れている白い衣装――その少女の面差《おもざ》しに目を引き付けられる。

かつて北朝鮮を造った人物――正体は日本陸軍将校だったとされる金日成の血を引く、

（……孫？）

実の孫……⁉

この少女がか？

「その通りだ、瀬名一尉」

背中から、萬田路人が言う。

「〈姫〉は、三代目の最高指導者の腹違いの妹にあたる。今や、あの国の次期最高指導者の地位に就く資格を持つ世界で唯一の存在だ」

（――――）

私は目を開け、オブザーブ席から前方を見た。

ヘリは飛行を続けている。

闇の奥から白い靄《もや》が押し寄せ、コクピットの前面風防をなぶっていく。

ベル212は、時折り小刻みに揺れ、一定の水平姿勢を維持している。

どの辺りを飛んでいるのか――

左側の機長席と右の副操縦士席には、それぞれカラーの液晶画面が二面ずつ。

それらの片方が、ナビゲーション・ディスプレーだ。画面の中央には自機を示す三角形のシンボル。その周囲を、カラーの地形グラフィックが上から下へ、スクロールするようにゆっくり動く。

機体の進む前後は、細長い緑の空間。両側はオレンジと赤だ。機よりも高い地形は、赤く表示される。今、谷間を飛んでいる……。

（――寸又峡《すまたきょう》の辺りか）

私は横浜から岐阜までの地形と、経過時間からヘリが進んだであろう距離を、頭の中で重ね合わせた。

伊豆半島の北側、富士山麓から中部地方へ至る山岳地帯は、〈幹部レンジャー課程〉の行動訓練でさんざん歩き回り、地形図が頭に入ってしまっている。

今、静岡県の北部の山中を飛んでいるのだろう。切り立った山岳に挟まれる谷を抜け、名古屋市の北側へ広がる平野へ出られれば、あとは空自の岐阜基地までわずかだ。

（あと二十分と言うところか）


真珠は、もう寝たか……？

ふと思い出し、手首の時刻を見ようとすると。

背後でハッチが開き、大柄な人間が開口部をくぐって入って来るのが分かった。

気配は、重装備では無い。萬田か。

振り向くと、感じた通り、あの男――縁なし眼鏡の警察官僚だ。

「今、どの辺りだ」

萬田は私の横で、操縦席を覗《のぞ》き込むようにした。

小声で訊く。

「近づいたら、〈姫〉を起こさないとな」

「間もなく、山を抜ける。あと二十分くらいだ」

私は操縦席のディスプレーを顎で指し、男に訊き返した。

「寝ているのか？」

小波彩の様子を尋ねると

「針一本で、ぐっすりだ」

男は、縁なし眼鏡の目で後方を指した。

「毛布をかけて、床に寝かせている。ホールでは凄まじいストレスと、恐怖にさらされた。今のうちだけでも休ませてやらないと」


あの後。

後部キャビンの床で、萬田路人は私に〈仕事〉の依頼の詳細を告げた。

小波彩を半島の北部、平壌郊外のある飛行場まで運んで欲しい。

機体は、NSCが手配して用意する。少し古いが、複座戦闘機のF4EJ改だ。岐阜基地には航空自衛隊の飛行開発実験団が居を構える。空自の使用するほぼすべての機材、兵装が、ここでテストされ改良を受けている。基地には航空機メーカーの工場も隣接し、滑走路を使って新型機の開発や、大規模修理も行なっている。

「ちょうど、兵装テストベッドとして使われていたF4ファントム改が一機、退役して除籍になったばかりで格納庫にしまわれている」

萬田は後部キャビンの床に座って、呼吸を整えながら私に説明した。

「我々で、そのファントムを徴用した。この機が到着する頃には、再び飛べるように準備がされ、燃料補給を受けているはずだ」

「F4……?」

「そうだ」

「F15は、調達出来ないのか」

私は萬田に訊き返した。

「どうせ飛ぶなら、乗り慣れた機体がいい」

「それが、複座タイプのF15DJは、いま岐阜基地に無い」

萬田は頭を振った。

「かつての震災で、松島基地にあった訓練用のF2B複座戦闘機が被害を受け、損耗した。その穴埋めとして、新人の訓練に使用出来る複座タイプのF15DJは、今すべて新田原《にゅうたばる》基地に置いてある。NSCから防衛省へかけ合い、交渉し、どんなに急がせても、岐阜へ回すのは夜半になる。一方で岐阜の実験団のF4なら、ただちに飛び立てる」

「瀬名一尉。F4の操縦経験は?」

依田美奈子が、もう一度訊いてきた。

「すぐに飛ばせますか」

「――――」

私は、少し面喰らって依田美奈子と萬田、そして坪内沙也香の膝の上で眠る少女を見回した。

F4で、半島へ飛べ……?

つまり萬田——いや恩田老人と〈巣《ザ・ネスト》〉の組織が、私に依頼しようという〈仕事〉とは。小波彩を複座戦闘機の後席に乗せ、夜陰をついて日本海を渡り、一刻も早く平壌まで送り届けることだと……？

「君は、〈姫〉を送り届けるだけでいい」

萬田が言った。

「向こうでは、我々と繋《つな》がりのある保守派の人々が迎える。送り届ければ、ただちにしかるべき手続きで〈姫〉を地位につけ、国民へ発表して国の安定を図る。現在、その地位に居座っている三代目の替え玉は正体を暴き、排除する。軍を掌握すれば、〈赤い白アリ〉——江沢民派はミサイルを発射させられない。東京は助かる」

「——F４で飛べと……？」

「そうだ」萬田はうなずく。「後席に〈姫〉を乗せ、いざというときは超音速を出せる。自衛の戦闘も」

「そう簡単に言うな」

私は萬田を見返した。

自衛の戦闘……？

「飛行機は、車とは違う」

「承知しています瀬名一尉」

依田美奈子が、手にしたタブレットの画面を切り替える。

「こちらの調べでは、あなたはF15イーグルのパイロットであり、F4ファントムの操縦資格は持っておられません。飛行機は機種が違えば、操作手順も飛行特性も変わるので、熟練したパイロットでもいきなり初めての機種を飛ばすことは出来ない、と言われています」

「分かっているなら――」

「一応、お聞きしたのです。何かの折に、操縦された経験が無いとは言えません」

「――」

「ですが瀬名一尉。あなたは昨日、初めて触れるMD87旅客機を、マニュアルを一度読んだだけで操縦しました」

「それはそうだが」

「操縦しただけでなく、開城からの帰途、日本海上空で〈敵〉のミグ29戦闘機に追いつかれ、これと格闘戦をして倒しています」

「――」

「旅客機で、あなたはミグを倒しました。かつて空自では『小松にレイヴンあり』と言われたそうです。レイヴンというのは、あなたのTACネームですね？」

美奈子は言いながら、タブレットの面をこちらへ向けた。

「操縦マニュアルは用意しました。岐阜に着くまで、時間はあまりありませんが」

「――――」

私は息をついた。

また夜の日本海を渡る……？

旧式のＦ４ファントムでか――

本当に、その機体しか無いのか。

私の表情を読むように、横で萬田が「瀬名一尉」と呼んだ。

「時間が足りないか？　操作法を憶《おぼ》えるのに」

「――いや」

私は頭を振る。

門外漢の萬田には、分からないだろう。

「今回は、実験団の技術者に手伝ってもらい、エンジンはスタート出来るんだろう」

「うむ」

「航空機の運用は、実は機体システムをセットアップしてから、エンジンをスタートするまでが大変だ。マニュアルに載っている手順も、半分がエンジン始動までの操作だ」

「そうなのか」

「エンジンさえ始動しておいてもらえば。機体システムさえ立ち上げてあり、帰還まで止めないのであれば面倒なことはない。飛ばすだけなら、何とか」

「そうか」

「飛ばすだけなら、な」

確かに、私はそう応えた。

初めて触れる機体ではある。

しかし旅客機MD87とは違い、F4ファントムは戦闘機だ。

私の飛ばして来た、手と身体に馴染《なじ》んだF15Jイーグルとは違う機種ではあるが、戦闘機であることに変わりはない。むしろMD87よりも、勝手が分かった状態で飛ばせる。

しかし。

『戦闘』となると――

F4EJ改ならば、レーダー火器管制装置（FCS）はAN／APG66Jか……？

記憶が確かなら、F4EJ改――改良型ファントムのレーダーFCSは古い物ではなく、アメリカ軍のF16に積まれているのと同等のシステムに換装されているはずだ。それはF15JのAN／APG63よりもむしろ新しい。F4は後席パイロットと連係を取り戦闘をするが、中距離でなく近接格闘戦のみならば、前席だけで兵装の操作は可能なはずだ。

要するにレーダーと兵装は、触ってみれば何とかなる。

問題はF4ファントム独特の飛行特性だ。

昨夜、私の操縦するMD87を開城の滑走路へ誘導してくれ、帰途にも身体を張って援護してくれた一機のミグ21――あの機の日本語を話すパイロットは、萬田の言う保守派だったのだろう。

そのミグ21を、後方から容赦なくミサイルを放って撃墜し、私のＭＤ87へも襲いかかって来た一機のミグ29ファルクラム。あれは萬田が〈赤い白アリ〉と呼ぶ〈敵〉――江沢民派だったのか。

もし江沢民派が、防空レーダー網と、ミグ29飛行隊を掌握しているのだとすれば……無駄な戦闘をするつもりはない。しかし――追われて逃げ切れなければ、格闘するしかない。だがＦ４は、格闘戦で高迎角の機動をさせると、時折り手に負えないような挙動をすると聞いている。ぶっつけ、初めて触った状態で、ファルクラムを相手に格闘戦が出来るのだろうか……。

〈赤い白アリ〉……。

そう思った時。

私はハッ、として自分の胸に手をやった。

固い、平べったい物が指に触れる。

そうだ。

「こいつを忘れていた」

私は胸ポケットから平たい、角ばった物体を抜き出す。

折りたたみ式の携帯だ。

さっきはヘリに乗り込む際、混乱したから、出すのを忘れていた。

「見てくれ。プラットフォームにいた戦闘員が持っていた携帯だ」

「――⁉」

萬田は、縁なし眼鏡の下の眼を丸くした。

「〈敵〉の戦闘員のか？」

「そうだ」

「〈敵〉の……⁉」

横で依田美奈子も目を丸くする。

「そんなものが」

「瀬名一尉、貸してくれ」

萬田はひったくるように受け取ると、折りたたみ式の携帯を開いた。

画面が明るくなるのを見ると、素早く電源を切り、ひっくり返して端末の尻からＳＩＭカードだけを抜き取った。

「くそっ、こういう情況でなければ『貴重な戦利品』なんだが」

「？」

「いいか。こいつは、たとえ電源を切っても位置情報を発信し続ける可能性がある」

萬田は、ＳＡＴ隊員に「開けてくれ」と指示すると、左舷側のスライディング・ドアを少し開けさせた。

風が吹き込む。

外の闇へ携帯を放り捨てると、萬田はまた指示をしてドアを閉めさせた。

「すまん」

私は萬田の慌てたような横顔に、詫《わ》びた。

「さっき、とっさにポケットに入れた。奪い取って来たのはまずかったか？」

「いや」

縁なし眼鏡の男は頭を振る。

「そんなことはない。こいつは戦利品だ。助かる」

萬田は抜き取ったＳＩＭカードを指でつまみ、キャビンの赤い非常灯にかざした。

「奴らの連絡手段を分析できる。分析をしても――これを我々に奪われたことが知れれば、奴らは連絡手段を変更し、組み直すだろう。しかしそれには莫大な手間とコストがかかる。奴らの足を大幅に引っ張れる」

萬田はつまんだカードを、依田美奈子へ手渡す。

「帰ったら、分析に回せ」

「はい」

「何者かが」

私は、あのプラットフォームで携帯越しに耳にした声を思い出した。

加工された音声。男とも女ともつかない、低い声――

「何者かがあの周囲に建っていたビルの一つから、現場の戦闘員に指示を出していたようだ」

「そいつの声を聞いたか」

「――――」

私はうなずく。

「加工された音声だった。『お前は誰だ』と訊いて来た」

「そうか」

「戦闘員は、腹に爆発物を巻きつけられていた」

「そうか――」

萬田は腕組みをし、考える仕草になった。

「――督戦隊か……」

「？」

「いや」

萬田は頭を振ると、依田美奈子に「貸せ」と言って、タブレットを受け取った。

画面にタッチして、私に面を向けて示した。

「とにかく、時間はない。この中にＦ４改の操縦マニュアル――テクニカル・オーダーの全ページと、平壌郊外までの予定飛行経路図が入っている。岐阜に到着するまでに、目を通してくれ」

5

それから三十分。

私は、独りで集中するため、後部キャビンからコクピットへ移った。

渡されたタブレットを手に、キャビンを出ようとする時。

萬田が全員に「ご苦労、岐阜に着くまでは休んでくれ」と声をかけるのが聞こえた。

ハッチに手をかけ、振り向くと。

あの女——坪内沙也香の膝にもたれ、少女は眠っていた。

コクピットへ入ると、機長に頼み、オブザーブ席を借りた。

機長に礼を言おうとしたが、横顔で素っ気なく「着いてからだ」と返された。確かに、その通りだ。いま油断することは出来ない。

ヘリは飛行を続けた。二名のパイロットは前を向き、黙々と操縦に集中していた。オブザーブ席に座ると、誰にも構われない。

膝の上にタブレットを置き、収められていたファイル——旧式の複座戦闘機F4EJ改のマニュアルを、眺めた。思った通り、機のレーダーFCSはAPG66Jだった。航法のためのデータも載っていた。NSCのスタッフの誰かが作成したのか、岐阜から低空で谷間を這い、日本海へ出てからも海面上を超低空で渡って、半島の東の海岸線から再び峡谷沿いに平壌郊外へ至るルートが地図上に引かれている。

これと同じデータを、岐阜の格納庫のF４改のセントラル・コンピュータと、主翼下のAAQ13航法ポッドにロードする、と説明が記されている。

AAQ13——ランターン・ポッドか……。

その名称に、唇をなめた。

NSCに、航空機の技術に詳しい者がいる……？

確かに、まともに飛んで北朝鮮の防空レーダー網に引っ掛かれば、ただでは済まない。多数の要撃機ミグ29を引き寄せてしまう。こちらは援護もなく、ただ一機だ。

しかし超低空を這って行けば、おそらくあの国のレーダー網ならばかいくぐれる。

F４改は、対地・対艦攻撃を主任務とする。AAQ13通称〈ランターン〉と呼ばれる吊《つり》下《さげ》式の赤外線航法システムを装着して行けば、夜間の地形追随飛行も出来る。その点では、F15Jよりも今回の〈仕事〉に適しているか……。

私が現役時代に飛ばしていたF15イーグルは、制空戦闘機だ。超低空での侵攻は任務として与えられていなかった。しかし、私は自主的に、機会を捉《とら》えては日本海の訓練空域で超低空の海面匍匐《ほふく》飛行を練習した。いずれ朝鮮半島有事が訪れたら必要になる、と考えたのだ。

あの『自主練』が、役に立つとは——

「瀬名一尉」

オブザーブ席の横に立つ萬田が、自分の携帯を示して言った。

「岐阜基地についたら、ただちに君と〈姫〉には、装備を着けてもらう。岐阜の作業班には機体の発進準備を整え、待機するよう指示した」

「すぐにか」

すぐに離陸……？

このヘリを降りたら、ただちに飛行服などの装備を着け搭乗しろ、と言うのか。

「そんなに急ぐのか」

「そうだ」

萬田は、白い靄になぶられるコクピットの前面風防を見やった。

「急がねばならん。平壌の情勢もだが――さっきドアから放り捨てた〈敵〉の戦闘員の携帯が、このヘリの飛行方向を途中まで奴らに教えてしまっている」

「〈敵〉が、岐阜基地へも襲ってくると……？」

携帯を奪ってきたのは、まずかったか。

しかし、あのテログループを指揮していた何者かと、直接に繋がる通信手段だ。

どんな奴が、戦闘員たちの腹に爆発物を巻き付け、戦わせていたのか……。

「岐阜も襲われるのか」

「分からんが」萬田は息をつく。「我々の組織は、いずれ近い将来、〈姫〉を半島へ送り届ける必要に迫られる——そう予測はしていた。そのタブレットに入っている飛行経路も、昨日今日に作成されたものではない。前々から想定し、準備していた。前々から準備していたということは、そのタイムスパンの間に情報が外へ漏れ出た可能性もある」

「————」

「岐阜基地に置いてある実験団の機体は、みなテスト機だ。単独で特殊な飛び方をしても、不自然ではない。こういう目的には向いている。我々が岐阜基地へ向かっていることは、奴らも想定するだろう」

「分かった」

私はうなずいた。

「F４で行く」

「ファントムで、行ってくれるか」

「F15の方が、乗り慣れてはいるが」

私はタブレットの画面上の地図を指した。

「イーグルには、地形追随飛行能力がない。一方でランターン・ポッドを装備したF４ならば、対地一〇〇フィートの超低空で峡谷を抜けていける。防空レーダーに見つからず、何とかしてたどり着ける」

「そうか」

「俺が、飛ぶのはいい。だが」

私は、ちらと後ろを見やった。

そうだ。

肝心なことを確認していない――

「あの子は、行くことに同意しているのか？」

さっきは。

小波彩は女工作員の膝にもたれて意識を失っており、話をすることが出来なかった。

「東京へのミサイルは、止めたい。しかし後席に、あの子を乗せて行く。平壌への途上で『嫌だ』と言って錯乱されたりしてはかなわない」

「そのことだが」

萬田は腕組みをした。

「実は〈姫〉は、常日頃から口にしていた。わたしは迎えが来たら、行かなくてはならない。だから今のうちは好きにさせてほしい」

「――？」

「あの子は物ごころつく頃から、自分の出自については母親から聞かされて育った。父親のことや、身体の中に流れる〈血〉についてだ」

「――――」

私は萬田を見返した。

この男は、小波彩の出生からの事情をすべて知っているのか……？

「彩の母親だが」

萬田は声を低め、ある名を口にした。

女優の名らしい。

「彼女を知っているか？」

「――いや」

私は頭を振る。

芸能関係に、詳しくはない。

聞き覚えがあるか、と問われれば、あるかも知れないが――

「知らないな。ずっと昔に、耳にしたことはあるかも知れないが」

「彼女は二十年ほど前までは、有名な女優だった。宝塚の出身。国内の映画の賞を総なめにし、玄人《くろうと》筋の評価は高かった。ＴＶドラマやＣＭにもよく出た」

「そうなのか」

「二十年前と言えば、お互いに中学生か、高校生だろう」

「そんなところだ」

「写真を見せれば『あぁこの人か』と思い出す。私も現在の仕事につき、最初に知らされた時は驚いた」

「――――」

日本人の女優……。

有名だったという。

しかし、日本の芸能界で活動していた女性が、どうしてあの国の創立者の子孫を？

私の疑問を嗅《か》ぎ取ったのか、萬田は「聞いてくれ」と続けた。

「あの共和国の二代目の最高指導者だが、これは繊細な気性の持ち主で、若い頃は映画好きの青年だった。日本のゴジラ映画が好きで、わざわざ日本からスタッフを招聘《しょうへい》して怪獣映画を造らせたというエピソードは有名だ」

「――――」

「ある時。向こうの保守派を通じて、我々の組織に『ある女優に会わせてくれないか』と依頼があったそうだ。当時――彼女が映画の賞を総なめにしていた頃だ。

　ムーンミュージックという老舗《しにせ》の芸能プロが、彼女の所属事務所だったが、その経営者の社長がたまたま恩田会長の陸軍士官学校時代の後輩だった。企業の経営者にまだ戦中派が多かった時代だ。恩田会長の計らいで、海外のある場所で会えるようセッティングをした。ちょうど共和国の核開発が表面化して、組織としても二代目とのパイプが欲しかったところだ。直接、意思を疎通して、本人の考えを聞きたいという思惑があった」

「――その人は」

私は思わず、訊き返した。

突然、事務所の社長から『半島の国の要人と会え』などと言われたら。

恐がるのではないのか。

「言われて、進んで会ったのか？」

「それなんだが」

萬田はうなずく。

「初めは、気味悪がって敬遠したらしい。しかし、彼女の許《もと》に一通の手紙が届けられた。二代目の最高指導者からの直筆の手紙だったという」

「――――」

「彼女への熱烈なファンレターだったのだろう、と言う者もいる。中身は知りようがないがね」

萬田は肩をすくめる。

「とにかく、彼女は海外のある場所で、お忍びでやって来た二代目と会った」

「――――」

「それからしばらくして生まれたのが、彩だ。彼女は、何か決意したように女優の仕事をすべてキャンセルし、人知れず産んだ。芸能界では『謎《なぞ》の引退』と言われた。しかし彩が四歳の時、急逝してしまった。癌《がん》だった。組織も助けようと手を尽くしたが、どうしようもなかった」

「――――」

「私生児として日本国内で生まれた彩は、ムーンミュージックの社長夫妻が引き取った。高齢で子供の無かった社長夫妻は、可愛《かわい》がって育てた」

（………）

そんなことが。

およそ二十年前の日本で、起きていたというのか。

「彩にとって」萬田は続けた。「唯一の肉親は、父親である二代目の最高指導者だ。すでに没してしまったが――あの共和国は、彩にとっては父の国だ」

「行く覚悟はある、と？」

「〈姫〉という呼び名は」

萬田は後部キャビンをちら、と振り返った。

「我々がコードネームとして使っているが、グループの中でも一種の尊敬をこめて、いつの間にか自然にそう呼ばれている」

「――――」

「容姿も、舞台での才能も宝塚出身の母親譲りだが、身体には共和国を造った『偉大な将軍』の血も流れている。あの通り、こうと決めたら意志を曲げない。十三歳でアイドルグループに入ると言い出した時も、我々は止めたが、聞かなかった。そればかりかグループではたちまち頭角を現わし、リーダーシップを発揮して『総監督』になってしまった」

「総監督とは何をやるんだ?」

「全体を束ねる役目を、そう呼ぶのだそうだ。あのグループは、グループ名は『48』だが、メンバーは総勢四〇〇人以上もいる。その四〇〇人を束ねている。本人が言うには、リーダーとは孤独で『仲良しはつくれない』のだそうだ」

「……?」

「女の子は、普通は自分の周りに仲良しをつくって、三人か四人でいつも一緒に行動する。トイレに行くのも一緒なのだそうだ。でも自分がそうしてしまうと――仲良しをつくってしまうと、四〇〇人のメンバーを平等に見られなくなる。だから仲良しはつくらない。誰にでも、平等に厳しく接するには、個人的なつながりを特定の子とだけ深くしてはいけない。孤独だけれど、グループを導いて、公演を成功させるにはリーダーはそうしなければいけない」

「…………」

「誰に教わったわけでもないのに、そう口にする。その〈姫〉――彩が常日頃から、こうも言う。『いつか迎えが来たら、わたしはおじいさんとおばあさんの許から、元の世界へ帰る』」

ヘリが軽く揺れた。

（……？）

微《かす》かな光のようなものを感じ、前方を見やると。

ちょうど靄が晴れ、コクピットの前面風防いっぱいに、光の島が現われた。

峡谷を、抜けたのか。

広大な闇の中、光の島のように見えるのは大規模な都市――

（あれは、名古屋市の夜景か）

そう思うのと同時に、光に覆われる地平線は傾き、ヘリがやや右へ針路を変える。

名古屋の市街地を、北側へ迂回《うかい》し、岐阜へ――目的地の岐阜基地へ向かうのだ。

「瀬名一尉」

左側操縦席で、機長が前を見たまま言った。

「平野に出た。あと十分だ」

「わかった」

私は応えると、横の萬田にうなずいて見せた。

降りる用意をしてくれ、という意味だ。

萬田もうなずくと、後方キャビンへ下がった。

「飛行場の南の端の格納庫の前へつけるよう、指示されている」

機長が背中で言う。

「それでいいか？」

「頼む」

私は左側操縦席の背に応え、オブザーブ席でタブレットを開き直した。

岐阜基地の配置図も、航法データのファイルに載せられている。

飛行場の南端の格納庫――

指で拡大すると。いくつかある格納庫の南端の一棟は『飛行開発実験団　予備格納庫』とある。

岐阜基地は、南から北へ向かって伸びる滑走路――二〇〇〇メートルのランウェイ36の脇に、航空自衛隊の飛行開発実験団の格納庫などの施設、そして北側には軒を並べるようにして航空機メーカー二社の工場が立っている。建物の規模としては、メーカーの工場と格納庫の方が大きい。

南北に細長い基地の敷地はフェンスで囲われ、南端に出入口のゲートがある。警備には空自の地上部隊があたっているはずだ――

（F４の機体が収められているのは、予備格納庫か）

南端の格納庫は、管制塔のある司令部棟からは離れ、兵器の試験などに使われるらしい『研究棟』と記された建物と共に、端の方に立っている。

この格納庫前のエプロンに機体を引き出せば、並行誘導路を経由して、ランウェイ36の南端まではすぐだ。

私は配置図を確認すると、タブレットの画面をスワイプし、F４改の操縦マニュアルに戻った。エンジンは技術者に始動してもらえる、飛ばす方は何とかなる、航法システムの操作法だけは脳に流し込んでおこう……。

画面をスクロールし、ＡＡＱ13ランターン・システムの操作手順を、フォト・リーディングの手法で眼球から脳へ流し込もうとした。

その時

（……？）

背後でまた気配がして、大柄な人間がハッチをくぐって来るのが分かった。

今度は重装備の気配だ。

「瀬名一尉」

目を横へやると。

感じた通り、黒い防弾プロテクターと戦闘服に身を固めたＳＡＴ隊員が立っていた。

腰には自動拳銃。

銃器というものは独特の匂《にお》いと言うか、気配を放つ。

ドラマや映画を見るだけでは分からないが、実物の銃器を自分に向けられると、人間は本能的に威圧を感じる。そう簡単には撃たれない、と分かっている場合でもそうだ。

「五味巡査長と言います」

うなずいた。

「うん」

二十代の若いSAT隊員が自己紹介をするのに対し、私は画面をスクロールさせながら
礼儀には反するが、到着まで時間がない。ランターンの使い方を、見ておかなくてはならない。F4改は、主翼下のAAQ13ランターン・ポッドが赤外線の〈眼〉で見た前方の地形を、画像として操縦席のヘッドアップ・ディスプレーに（HUD）映し出すことが出来る。あらかじめ地形追随飛行のコースをシステムへ入力しておけば、対地一〇〇フィート――地上三〇メートルの超低空を維持して峡谷を抜けるコースが、HUD上に緑色の四角い『コース指示ボックス』として浮かぶ。浮かんでいる四角形をくぐるように操縦すれば、障害物に当たることなく峡谷を抜けて行ける――

「さっきは、ご苦労だった」

「瀬名一尉」

戦闘服の若者は、片膝をつくようにして、私の右横へ屈《かが》みこんだ。

小声で「すみません、その画面は見ませんから」と言う。

「見ませんから、ちょっとよろしいですか」

「……？」

私は眼を上げ、SAT隊員――五味巡査長を見返した。

戦闘ヘルメットを被《かぶ》っているので、分からなかったが。間近で見ると、思っていたより

もさらに若い印象だ（二十代のまだ前半か……？）。

その顔は、紅潮した感じだ。

何だろう――？

「瀬名一尉。さっきは」

若い隊員は、小声だが、興奮したように言う。

「さっきは驚きました」

「あぁ」

私は後方を、またちらと見やった。

「あのアイドルの子のことか」

「そうではなくて」

「？」

「一尉。驚きました。あなたはどうして、あんなことが出来るのです」

「あんなこと？」

「四名のテロリストを、独りで一瞬で」

プラットフォームでの、戦闘のことを言っているのか……？

さっきは私自身、夢中で動いただけだ。跳び下りてＲＰＧの射手に襲いかからなければ、全員がやられるところだった――

一瞬と言うのは、おおげさだ。

だが

あのような情況に、対応する訓練は受けていた。だから出来たのだ……。

「レンジャーなら、あのくらいはやるよ。誰でもな」

「そうなんですか」

五味巡査長は、口を結び、息をためるようにした。

「一尉。自分は、第四機動隊ではそれなりに認められて、ＳＡＴに入ったのです。でも、さっきは正直、足が震えました」

「君たちと我々では、やっている訓練が違う」

私は若い警察官を見返し、言った。

「レベルが違う、とか言うつもりではない。目的が違うんだ。いいか、陸自のレンジャーに実際に出動がかかる時は、すでに総理から〈防衛出動〉が発令されている。だから敵に対したら、ただ倒すだけでいい。そう訓練する。しかし君たち警察官――ＳＡＴは〈警察官職務執行法〉に縛られ、出来るだけ武器を使わず、テロリストたちを威圧して投降させるのが第一の任務だ。銃を所持していても、使用には厳格な規則がある。普段の想定訓練も――」

そうだ。

私は思った。

正当防衛でしか、警察官は撃てない……。

〈警察官職務執行法〉では、犯人に対して発砲してもよいのは、警察官自身が撃たれて生命が危ない時の正当防衛と、撃たなければ犯人が他の民間人を殺傷してしまうのが明らかな時の緊急避難に限られる、
この考えは、実は航空自衛隊のスクランブル機にも準用されている——

（——）

私は唇を噛《か》んだ。

〈対領空侵犯措置〉における警察比例の原則、か。

いかん……。

思い出したくないことを、思い出してしまいそうだ。

スクランブルした空自の戦闘機が、領空へ侵入しようとする国籍不明機に対して武器を使用してよいのは、自分自身が撃たれた場合だけだ。自分が撃たれなければ、撃てない。

たとえ目の前で僚機が撃たれても、手を出しては——

くそっ……。

「どうされました？」

五味巡査長は、私を覗き込むようにした。

その黒いプロテクターの胸に〈警視庁〉の白い文字。

戦闘服や装備を黒か紺で揃《そろ》え、視認性を下げているのに、わざわざ目立つように白抜きで〈警視庁〉と表示している。

テロリストに対して『警察が来たぞ』と示すのが目的なのだろうが――

今夜のような〈敵〉に対しては、標的の位置を知らせてやっているようなものだ。

「ご気分でも？」

「いや」

私は頭を振る。

「何でもない」

前方へ目を上げた。

暗黒の中に浮かんでいた光の島は、今は左側方に広がり、ヘリは名古屋市の北側へ廻《まわ》り込んで飛んでいるのが分かる。

間もなく、岐阜基地から半径五マイル以内の、管制圏に入るだろう。

「岐阜タワー、ナイト552」

副操縦士が、ヘルメットのブームマイクで無線に呼んだ。

無線の送信は行わないはずだが、岐阜へ到着するので、その命令は自動的に解除されるのだろう。

「ナイト552、アプローチング・ファイブマイル・サウスイースト。リクエスト・ランディング・パーミッション」

岐阜基地の管制塔へ、着陸の許可を求めている。

見ると。

二名のパイロットの肩の間――前方の地平線に、特に黒い一画が見えて来た。

飛行場は離着陸のための灯火を備えているので、夜の景色の中では目だって明るく見えるのだろう、と普通の人は考える。

しかし実際は、逆だ。

飛行場は、必要な灯火を上空のパイロットに視認させるため、それ以外の無駄な灯《あか》りを一切つけていない。むしろ普通の市街地よりも、全体は暗く見える。わざと暗くした一画の中で、緑の灯火の列が滑走路の輪郭を浮き上がらせる。

「間もなく、着くようだ」

私は前方を目で指し、五味巡査長に告げた。

「着いたら、ただちに機体を乗り換える。装備をつけて準備する間は無防備になるから、頼む」

「は、はい」

だが、若いSAT隊員がうなずくのに重なり

「変ですね」

副操縦士の声がした。

訝しむような声だ。

「岐阜のタワーが、混乱しています。何かを呼びかけてる」

6

「どうした」

機長が前を見たまま、横顔で聞く。

「もう一度、呼んでみろ」


岐阜基地の管制塔――岐阜タワーを、副操縦士は無線で呼び出そうとした。

通常、航空機が飛行場へ着陸しようとする場合、必ず前もって無線で所管の管制機関を呼び出し、許可を得る必要がある(この場合の相手は岐阜タワーだ)。

飛行場周辺には、さまざまな航空機が低空で飛行している。離陸して来る機もあれば、着陸して行く機もある。それらが互いに異常に接近することが無いよう、管制機関が無線によってコントロールしている。管制塔をコントロール・タワーと呼ぶゆえんだ。

管制塔を中心に、半径五マイル以内の空間は『管制圏』と呼ばれ、この円筒状の空間へ進入する航空機は事前にタワーの許可を得、管制圏の内側においては管制官の指示に従って飛行しなければならない。民間用の空港でも、自衛隊の基地でも同じだ。

「岐阜タワー、ナイト５５２。ドゥユー・リード？」

岐阜タワー、聞こえるか。

右側操縦席の副操縦士は、ヘルメットから口元へ伸びるブームマイクで無線に呼びかけるが

「駄目です、何かを盛んに呼んでいて、こちらに気づかない」

何だ……？

私はタブレットを脇に置くと、オブザーブ席から伸び上がって前方を見た。

早くも、岐阜基地の飛行場から五マイル圏内に入ったか。二名のパイロットの肩の間に、黒い長方形のフィールドが広がって見えている。

黒い長方形の中には緑の灯火の列が伸び、滑走路の輪郭を示している。機は南東方向から接近していくので、南北に伸びるランウェイ36は斜めになっている。

あの滑走路の手前に、格納庫が並んでいるのか――

飛行場内の建物は、余計な灯火を点《つ》けていない。この距離からは、まだ黒いフィールドの一部だ。

（タワーが、何かを盛んに……？）

何かが、起きているのか。

「スピーカーに出してくれ」

思わず、副操縦士に声をかけた。

左席の機長もうなずいて同意し、若い副操縦士はセンター・ペデスタルのＶＨＦ無線機のパネルでスイッチを操作する。

途端に、コクピットの天井スピーカーにノイズと共に音声が出る。

『――アンノン・ＶＦＲトラフィック、アプローチング・コントロールゾーン、アクノリッジ・イミーディアトリー。アイ・セイ・アゲイン、アンノン・ＶＦＲトラフィック、アプローチング・コントロールゾーン――』

岐阜タワーの声か。

管制圏に接近中の、未確認の有視界飛行航空機。ただちに応答せよ――

未確認のＶＦＲ機……？

（……？）

私は眉《まゆ》をひそめた。

予定にない未確認機が勝手に接近して来るので、管制官が応答を求めているのか。

管制塔には、飛行場周辺を監視するためのレーダーがある。

飛行場へ接近して来る航空機は、すべて探知できる。ＶＦＲ機とは、要は勝手に有視界で適当に飛んでいる自家用の小型機や、ヘリなどを指す。

「この機のことを、言っているんじゃないのか？」

私は指摘するが
「我々が行くことは、知らされているはずだ」

機長が言う。

「確かに飛行計画は出していないが、こんなふうに慌てて呼んでくるのはおかしい。第一、ちゃんとコンタクトしようとしている」

「――――」

『アンノン・VFRトラフィック、アプローチング・コントロールゾーン――』

タワー管制官は呼び続ける。

このヘリの他に、何者か、飛行計画を提出せず岐阜基地へ向かっていく機――おそらく小型機か、ヘリがいる……？


その時。

前方視界――市街地の夜景の上に広がる星空に、何かを感じた。

やや左手だ。

黒い空の一か所に、妙な圧力のようなもの――

「機長、あそこだ」

私は十一時方向――左側操縦席のやや左前方の一画を指した。

「何かいる」

「？」

機長は操縦しながら、暗視ゴーグルをそちらへ向けた。

峡谷を抜けるような飛行ではない。機長は左手で機の姿勢を維持しながら、コレクティブ・ピッチレバーから右手を離し、ゴーグルの倍率を調整した。

「――⁉」

機長が息を呑《の》む。

「何です」

ＳＡＴ隊員が、私の横で前方を見やる。

小声で訊く。

「何か、いるのですか」

「あれは無灯火のヘリだ」

機長の声が重なる。

「それも、二機いる。ほぼ同高度」

「あっ、見えました」

副操縦士も声を上げる。

「あんなところに二機」

「二機……？」

私は訊き返す。

無灯火で、岐阜基地へ接近して行くヘリが、それも二機……。

感じた『圧力』は、空の一か所からだ。この闇の中を、二機が灯火を点けず、近接して編隊を組むようにして飛んでいる――？

「基地へ向かっているのか？」

「向かっている」

機長は機の姿勢を維持しながら、左前方へゴーグルを向けている。

「我々よりも三マイル、先行している」

『アンノン・VFRトラフィック、アンノン・VFRトラフィック、ディス・イズ・ギフ・タワー。ユー・アー・アプローチング・ギフ・エアベース。アクノリッジ・イミーディアトリー。アイ・セイ・アゲイン――』

これは。

私は、気配を感じた空の一か所を睨んだ。

すると、ちりばめられた星々の一つを黒い影が一瞬、隠した。

あそこか。

「貸してくれ」

私は副操縦士から暗視ゴーグルを再び借りると、双眼鏡のように顔につけた。

濃い緑色の視界に、赤い点が二つ浮かんでいる。

タービンエンジンの排気炎か。

倍率を上げると、卵型のシルエットが市街地の明かりの上方に浮いている。二つ。

(ヒューズ500……？)


一目で分かる、特徴的なシルエット。それは自衛隊でもOH6という型式名で偵察ヘリとして使われている。

旧ヒューズ社製の小型ヘリコプター。製造会社は変わってしまったが、この型は民間ではヒューズ500という名称で知られている。五人乗りで、卵を想わせる絞り込まれたシルエットの機体は速度と運動性に優れている。

灯火を点けず、岐阜基地へ……？

陸自のOH6が、用務で向かっているのか？　いや――

(――自衛隊機なら、タワーに呼ばれて応えないはずはない)

ゴーグルの倍率を上げ、目を凝らす。

その時ふいに、視野全体が明るくなった。濃い緑の視界が、白っぽく明るくなる。

何だ……？

ゴーグルの感度を、変えたわけではない。

驚くが、揃って飛ぶ二機のヒューズ500の機体そのものが、はっきり見えた。そのまま眼を凝らす。

「――報道ヘリだ」

私は、二機の卵型の胴体に染め抜かれたロゴと、マークを読みとった。三文字のアルファベットは、片方が関西の民放TV局、もう一方は公共放送だ。

TV局の所有か、あるいは事業会社と契約して取材機として使っているヘリだろう。

しかし報道ヘリが二機、どうして飛行計画も提出せず、灯火を消して岐阜基地へ向かっているのか。

ゴーグルを顔から離すと、夜空全体が紫がかっていて、明るい。

払暁のような明るさではないが――星空全体が、漆黒ではなく薄紫のように見える。闇が薄くなった……

(月か)

振り向くが、もちろん後方は見えない。

たぶん東の地平から、月が昇ったのだ。夜空全体が月光に照らされ始めた。地上にいると違いは分からない。しかし夜間飛行をしていると、月のある時と無い時では夜空の『闇の濃さ』が全く違う。月があれば、雲が白く見える。月が無いと雲は見えず、入っても分からない。そのくらいの違いだ。

私にとっては、もう暗視ゴーグルは必要ない。

礼を言って、副操縦士に返すと、私は機長に「追いつけるか」と訊いた。

「報道ヘリが二機も、無灯火で近づいて行くのはおかしい」

「やってみよう」

言うが早いか、前方視界の星空がぐん、と持ち上がり、機首が下がった。

天井でタービンエンジンが唸りを上げ、下向きGがかかる。

加速──

風切り音と共に、十一時方向に浮いて見える小さな二つの点が、シルエットとして形を見せてくる。

「あの二機の、真後ろ上方につけてくれ」

私は前方を指した。

「そうすれば、向こうからは見えない」

「────」

機長はうなずく。

途端に今度は夜景が傾き、地平線が斜めになる。

視界の左手から、引き寄せられるように、二つの卵型シルエットが正面に。

その間にも、天井スピーカーからは岐阜基地管制塔の呼びかけの声が響く。

「後ろの全員を起こせ」

私はSAT隊員に依頼した。

たった今、萬田が全員に降機の用意をさせるため、後部へ下がったばかりだ。

しかし
「荒っぽいことになるかもしれん。座席につける者は身体を固定、あとの者は床に腹ばいになり衝撃に備えさせろ」

「――は、はい」

「それから」

私は隊員の戦闘服の腰を、ちらと見た。

「それの他に、銃は何を装備している?」

「え」

SAT隊員は面喰《めんくら》ったように、応える。

「MP5を一丁、後ろのガン・コンパートメントに固定していますが」

「そうか」

「で、でも今回は、使用命令を受けていません」

「――分かった」

情況に対峙《たいじ》して、武器の使用で悩む気持ち――

私には分かる。

悩ませて、注意力を削《そ》ぐようなことをしてはいけない。

「とにかく、全員に備えをさせてくれ」

「はい」

「瀬名一尉」

機長の声が、また被さる。

「飛行場区域へ、入って行くぞ」

7

飛行場区域へ入る……⁉

オブザーブ席から伸び上がるようにして見る前方視界では。

あの二機のヘリ――

二つの小さな卵型シルエットは、今や前方から近づいて大きくなり、視界の大部分を占める黒い長方形――岐阜基地の飛行場区域に、重なってしまう。

機長の操縦で、この機は今、二つの卵型ヘリの真後ろ上方――シックス・オクロック・ハイの位置について追っている。飛行場へは真南から近づく形だ。

目の前に、まるで固定翼機で着陸進入する時のように、緑の灯火に縁取られた滑走路が迫って来る。ランウェイ36だ。もちろんヘリは滑走路を必要としない。通常は格納庫前に指定された降着位置《ヘリパッド》か、あるいは駐機場など安全が確認できるオープン・スペースを見つけ、垂直に着陸するのだ。

「このままでは」

機長が言う。

「追いつく前に、向こうが降りる。降りるつもりならな」

頭上ではタービンエンジンが唸る。

ベル212は全速を出して追っていたが、間合い半マイルまで近づく直前、二機の卵型ヘリ――ヒューズ500は滑走路の末端上空から右へ身を翻し、飛行場南端の建物群の方へ向かった。

「あそこへ降りるようだ」

機長が言い、続けて機体を傾けた。

旋回のGが、身体を床方向へ押し付ける。

足を踏ん張り、旋回方向を見やると。

（……!?）

滑走路に並行して立ち並ぶ建物群――その南端に、少し離れて立っている角ばった大型構造物がある。その前面には横長の開口部があり、黄色い光が吐き出されている。建物前の駐機場には、水銀灯の投光器だろうか、青白い光がコンクリートの地面を照らし出している。

あの一画だけ、明るい――？

そうか。

（あそこだ）

あの角ばった構造物が『予備格納庫』だろう。

NSCの一班――萬田が〈作業班〉と呼ぶスタッフたちが、岐阜基地へは先行して入り、F4ファントム改の発進準備を進めている。

岐阜基地は、飛行開発実験団と、航空機メーカーの試験場と工場を兼ねた拠点だ。

空自の実動部隊はいない。民間航空も就航していない。

したがって、夜にこの飛行場が活動することは、夜間に特化した試験飛行が実施される場合を除き、ほとんど無いはずだ。

夜になると、隊員や職員も大部分が官舎や宿舎へ引き揚げてしまう。飛行場内は人気もなく、照明もほとんど消えるだろう。

その中で、南端の格納庫だけが前面シャッターを開いて照明を点け、格納庫前の駐機場には投光器を設置して地面を照らしている。

誰が見ても、あそこでヘリを迎える準備がされ、格納庫内では何らかの作業が行われているのが分かる――

「――――」

斜めになった視界。黄色い光を吐き出す格納庫と、青白い光に照らされる一画が急速に大きく、はっきり見えてくる。

二機の卵型ヘリ――一機は民放TVのロゴをつけた黒い機体、もう一機は公共放送のロゴをつけた赤いヒューズ500だ――は水銀灯に照らされる一画へ、吸い込まれるように近づく。

「な」

何をするつもりだ……!?

これは。

「くそっ」

私はハッ、と我に返ると、後部キャビンへ続くハッチを振り返った。

SAT隊員が戻って行ったばかりで、開けっぱなしだ。私はハッチ開口部に取りつくと、怒鳴った。

「萬田、地上の作業班に知らせろ。ただちに照明をすべて消して地面に伏せさせ――」

言い終わる前に、強い下向きGがかかった。

ヘリが、急激に機首上げをしたのだ。

「──う」

戦闘機の機動並みのGだ。一瞬、声が出なくなる。

荷重に抗して、コクピットの前方へ向き直ると、前面風防を飛行場の景色が斜めに激しく流れる。

機長がハンマーヘッド・ターンに近い機動をして、宙で機体をぐるりと一回転させ、行き脚を止めたのだ。

たぶん、追っていた二機のヘリが駐機場の真上で空中停止したので、追突を防ぐために身を捻《ひね》ったのだろう。

地面近い低空で、その場に止まり三六〇度を回転したか。斜めになった前方視界の右横から、流れるように角ばった構造物──予備格納庫が再び姿を見せた。

「……⁉」

私は息を呑んだ。

赤いヒューズ500──公共放送の卵が三つ並んだようなロゴマークをつけた小型ヘリは、水銀灯に照らされるエプロンの上、約二〇フィートにホヴァリングで空中停止すると、胴体右側のサイドドアをスライドさせた。

エプロンのコンクリート舗装の上では、飛行開発実験団の整備員だろうか、十名あまりの作業服姿が赤いヒューズ500を見上げている。

彼らは『飛来したヘリを迎えろ』と指示されているのか。

どんなヘリがやって来るのかまで、知らされていたのかは分からない。しかし公共放送のロゴをつけた赤いヘリが、すぐ頭上でホヴァリングを始め、なかなか着陸しようとしないので「おかしい」と感じたのだろう。

整備員たちは宙に浮く機体を取り巻くように見上げ、中にはオレンジ色の発光パドルを手に『ここへ降りろ』と誘導する者もいる。

だが次の瞬間。スライドした赤いヘリの右側ドアの内部から、閃光《せんこう》が瞬いた。

同時に赤い小型ヘリは、宙で機体を水平に一回転させた。

コンクリートの表面に煙が走り、整備員たちが一様に後ろ向きに吹っ飛ばされ、のけぞって倒れる。

「――く、くそっ」

「機長、黒い奴は管制塔へ向かいます！」

副操縦士が叫び、斜め上を指した。

「萬田っ」

私は後部キャビンを振り返って怒鳴った。

「あの格納庫のシャッターを、閉めさせろ。閉めさせるんだっ」

「こっちに気づいたぞ」

機長の声がして、途端に横向きにGがかかる。

反射的にシートの背につかまり、身体を支えると。左の側面窓を真っ赤な光の束が通過した。パリパリッ、と衝撃波が機体側面を叩く。

銃撃された……⁉

今のは九ミリ弾――マシンピストルか⁉　赤いヒューズ500が、前面風防の向こうに見える。こちらへ卵型胴体の機首を向け、その右側面からさらに閃光。

「クッ」

機長が悪態をつき、ラダーを蹴りでもしたか、瞬間的に機体を横滑りさせた。

横Gと共に、目の前に浮いていた赤い機体が数メートル、吹っ飛ぶように移動する。

私はシートの背を摑み損ね、サイドパネルに思い切り肩をぶつけた。何か円筒状の物に当たり、痛覚に顔をしかめる。

同時に真っ赤な火線が、左側面窓すれすれを擦過、私の肩をぶつけたサイドパネルのすぐ外側を衝撃波が叩いた。

くそっ……！

「き、機長。奴の上へ」

私は、左肩をぶつけた円筒状の物体を右手で摑んだ。サイドパネルは、非常用装備品を固定するラックだった。固い円筒は、頑丈な防水ライト――マグライトだ。

金属製のマグライトを、ラックの固定具から外し取り、機長へ怒鳴った。

「奴の真上へ。左舷を下へ向けてくれっ」

承知した、と言うかのように、途端に前面視界が下向きに流れ、強烈な下向きG。

左やや前方に見えていた赤い卵型が、吹っ飛ぶように視界の下側へ消える。

「——くっ」

私はGに抗して、左の側面窓のハンドルを摑むと、引いた。

ガクン、と抵抗があり、次の瞬間には大型の側面窓は上端をヒンジにして外向きに開いた。

風圧。

窓が開くのとほとんど同時にベル212は機首を天に向けるほど引き起こし、さらに左ロールで機体を捻った。

夜景の地平線が傾き、縦になる。

私は左手で側面窓の縁を摑み、開口部から身を乗り出した。

真下だ。

赤いヒューズ500がローターを回し、ホヴァリングしている。

機長の機動は素早かった。おそらくあのヒューズ500の操縦者は一瞬、こちらの機が目の前から『消えた』と思っただろう。

「食らえ」

私は右手に握った重たい棍棒《こんぼう》のようなマグライトを、ヒューズ500のローターの回転面へ向けて投げた。

くるくる回りながら落下するマグライトの行方を、見届ける余裕も無い——ベル212はそのまま赤いヒューズ500の真上を飛び越し、ロールを戻しながら一八〇度向きを変え、反対側へ離脱する。

ドンッ
重たい衝撃音が背後から伝わって来た。

「もう一機いるぞ」

私は窓枠につかまって身体を支えながら叫んだ。

「油断するな」

ベル212は、機長の操縦で再度一八〇度ターンをして、ちょうど滑走路の真上で空中に停止、格納庫方向へ機首を向け直す。

前方視界が左へ激しく流れ、止まる。

ちょうど赤いヒューズ500が宙で大きくバランスを崩し、もがくように急上昇して、腹を天に向けるところだった。今のドンッ、という重たい衝撃音はマグライトがローターの一枚に当たり、吹き飛ばした響きだ。ヘリコプターは回転翼の一枚が吹っ飛んで無くなれば完全にコントロールを失う。赤い卵型ヘリは宙返りのようになり、そのまま逆おとしに地面へ突っ込む。

（――う）

大爆発。

オレンジ色の火球に、私は反射的に顔を背ける。

この爆発は――!?

くそっ、こんなものを見たら、眼の暗順応が失われる。

「何だ、この爆発はっ」

機長も悪態をつき、機体を宙に後退させながら、右手で顔から暗視ゴーグルをかなぐり捨てる。

「爆弾でも、積んでいやがったか!?」

爆弾……？

その言葉に、私は目を見開く。

――『ばずじでぐ』

叫びが、脳裏に蘇る。

――『ばずじでぐれぇっ』

だが同時に別のドカンッ、という爆発音が横の方から伝わって来た。

「――!?」

左上方か。

思わず、目をやると。

頭上の星空。滑走路沿いの建物群の奥で、ひときわ高いシルエット――管制塔の頂上が火を噴いた。

(何)

その横の宙空――

黒い卵型だ。

浮いている。今や滑走路と駐機場に挟まれた位置から湧《わ》き上がる火球で、飛行場はオレンジの照明弾に照らし出されたかのようだ。

照り返しを受け、黒いヒューズ500の機影が星空を背景にホヴァリングしている。管制塔上部の管制室と同じ高さ――

その管制室の展望窓は跡かたもなく、オレンジの火焔と黒煙を噴いている。

黒いヒューズ500は、爆発する管制室の火焔の照り返しも受けている。黒い卵型がはっきりと見える。その胴体に描かれた三文字のアルファベット――〈BMS〉というのは関西の民放TV局だ。

「――!?」

私は、その機体の右側サイドドアがスライドして開いているのを眼に止めた。

乗員か、暗色の人影が、乗り出すようにしている――人影が肩に担いでいるのは円筒状の物体。

（く、くそっ）

私が歯を噛みしめるのと同時に

黒い卵型ヘリはこちらの様子に気づいたか、くるりと機首をめぐらせ、続いて管制塔の高さから急降下に入った。ローター回転面をこちらへ見せるくらいの急加速。

来る。

「来るぞっ」

コクピットの前面風防、その左斜め上から、黒い卵型の機影が頭を大きく下げた姿勢で急速に迫る。間合い五〇〇メートル、三〇〇――

「機長っ」

「――――」

機長も、黒いヒューズ500が管制塔をロケット砲で破砕する様を、左側操縦席から視認していた。

おそらくは横浜でテログループが使っていたのと同じ、RPG7か。

黒い機影が斜め急降下で襲いかかって来る。間合い二〇〇メートル、その右サイドのドアから半身を乗り出した人影――身体をストラップで固定し、ランチャーを担いでいるのか――がこちらへ向け、細長い円筒を構える。

その瞬間、機長の右手と左手が動いた。

下向きGがかかり、景色のすべてが下向きに吹っ飛ぶのと、迫る黒い機影から火の矢のような物が放たれ、足下をすり抜けるのは同時だった。

カッ

直接には見えない、だが真下で火球が炸裂《さくれつ》するのが閃光で分かった。

続いて突き上げるような衝撃。

「うわ」

とっさに、シートの背にしがみつくが、シートベルトもハーネスも着けていない。身体が浮き、天井に叩きつけられる。

「ぐ」

「し、下だ、下ですっ」

副操縦士の叫ぶ声だけが耳に届いた。

「奴は下をすり抜けたっ」

その声を聞きながら、今度は身体は下向きに落下して、コクピットのオブザーブ席の後ろの床に叩きつけられた。

とっさに身体をひねり、致命的な打撃を食わないようにするのがやっとだ。

頭を振りながら身を起こすと、操縦席の計器パネルでは赤い警告灯がいくつも、明滅しながら警報音を鳴らしている。

「エンジン・オーバーヒート！　タービン温度、ゲージが振り切れてます」

副操縦士が叫ぶ。

「油圧も漏れています、トランスミッションにもダメージ」

「心配するな、ここは飛行場だ」

機長——子門といったか、声はあくまで冷静だ。

たいしたパイロットだ——

凄まじい状況の中、不思議に感心した。

警報音の鳴りまくるコクピットで、左側操縦席の機長の背は微動だにせず、爆発に押し上げられた機体は宙で姿勢を水平に戻す。

「あそこにいるぞ」

機長の声に顔を上げると、前方視界、やや左手に黒煙を噴き上げる地面と、煙に見え隠れして予備格納庫のシルエットが見える。

黒い卵型の後ろ姿が、地上三〇フィートほどの低空で格納庫へまっすぐに向かう。

「──まずい」

私はオブザーブ席の背につかまり、立ち上がると前方を睨んだ。

奴は。

あの黒い奴は、RPG7で格納庫をやるつもりだ……。

おそらく、さっきの赤いヒューズ500も、RPGを載せていた。ロケット砲の弾体を多数載せていたから、あんな大爆発を──

「追ってくれ」思わず叫んだ。「あれを止めてくれっ」

「分かっている」

機長は言うまでもなく、私の指摘と同時に操縦桿を押した。

機首がやや下がり、機が前進する。

しかし
「──瀬名一尉」

機長は慎重な操縦で機を水平に進めながら、計器パネルを素早くチェックして言う。

「エンジン出力が、上がらん。さっきの〈技〉はもう使えん」

「何」

「こいつはこの高さをキープして飛ぶのが、やっとだ」

「————」

絶句する私に
「心配するな」

前を見たまま、機長は言う。

「あの前に割り込んででも、止めてやる」

「————」

だが、ベル２１２は明らかに行き脚が鈍い——加速出来ず、ふらつきながら飛ぶ。

たった今の爆発は、機長の巧みな回避操作で、機体の腹で受け止めた。だからローターは無事だった。

しかし爆発の高温ガスをタービンエンジンが大量に吸い込み、燃焼に異常を起こしたのだ。衝撃を受けて油圧系統も漏れ始め、ローターを駆動するトランスミッションも損傷した。

このままでは無理をすれば、エンジンが火災を起こす。

「機長、奴に機を並べてくれ」

左右の操縦席の間に乗り出すようにして、私は前方を指した。

もう、黒い卵型は格納庫の正面に迫る。

さっき管制塔の管制室を爆砕した時のように、ホヴァリングで格納庫の開口部へ高さを合わせ、右サイドのドアから身を乗り出した射手がRPGを発射すれば。

一発で確実に、格納庫内にある物はすべて破壊される――

(――くそ)

黒い卵型は、格納庫正面の駐機場の真上でホヴァリングし、宙に停止すると、ゆっくり高度を下げた。地面すれすれまで下がろうとする。

萬田は何をやっている――⁉

作業班に連絡出来ないのか。

まだ格納庫のシャッターは開いたままだ。

いや。

シャッターなど閉めても、無駄だ……。至近距離から対戦車用のRPG7を撃ち込まれれば、たやすく貫通される。

コクピットの前方視界に、格納庫と、その手前の地面すれすれにホヴァリングで浮かぶ黒い卵型――ヒューズ500が大きくなる。

黄色い光を吐き出す格納庫の開口部で、地上要員が逃げ散る。保安隊は……？　銃を持った基地の保安隊員はいないのか――⁉　いや、格納庫の外にいたかも知れない。しかしさっき駐機場が赤い卵型に掃射された時、整備員と共にやられてしまったか。

卵型の右サイドのドアから半身を乗り出した人影が、細長い円筒を担いで構える。装塡が速い――あの姿勢のままロケット砲の再装塡が出来るとは思えない、おそらく後席に乗り込んでいる者が素早くランチャーに弾体を装塡し、射手へ手渡している。

「左舷を並べろ、後は俺がやる」

8

「真横につけろ」

私は機長へ言い残すと、きびすを返し、コクピットの床を蹴った。ハッチをくぐり、後部キャビンへ。

「瀬名一尉――!?」

キャビンへ跳び込むと。

指示をした通りに、全員が俯《うつぶ》せに、床に伏せていた。白いコスチュームの少女をかばうように坪内沙也香が被さり、その横では萬田路人が腹ばいのまま携帯を耳につけ「おい聞こえるか」とどこかを呼んでいる。

ただ一人、立っていたのはSAT隊員――五味巡査長だけだ。

私を見ると目を丸くした。

「い、一尉、今の爆発は」

「扉を開けろ」

応えている暇は無い、五味巡査長へ怒鳴った。

「君は右サイドを開けろ」

反対側を指しながら、私は左側スライディング・ドアのレバーに取りつく。

両手でレバーを掴み、引いてロックを外す。

反対の右サイドも開けさせるのは、ロケット砲を撃たれた場合、運がよければ通り抜けてくれるからだ。

「依田、君のベレッタを貸せ」

重たいスライディング・ドアを引き開けながら、私は背中へ怒鳴った。

「初弾を装弾して寄こせ」

「――は、はい」

背後で女子工作員が応え、慌てて身を起こすのが分かる。

足を踏ん張ると、床が少し傾く。ヘリが機首を上げた――行き脚を止めている、もう追いつくのだ。

私は力を込め、スライディング・ドアを開け放った。

すぐ目の前に、爆音とともにホヴァリングする黒い卵型の機体が現われた。ベル212は後方から追いつく形で、真横に高さを合わせて並んだのだ。

「これをっ」

背後から依田美奈子の声がして、ドアを開け放った私の左手に叩きつけるように小型の自動拳銃が渡される。

ほとんど同時に、すぐ目の前――間合い二〇メートルに並んだ卵型ヘリの右サイドに身を乗り出した人影が、驚いたようにこちらを見た。その奥で操縦している人影が何か怒鳴っている。人影は二つとも戦闘服だ。横浜で見たのと同じ――

「――くっ」

私は眼を見開いた。

右サイドに乗り出した戦闘服が、肩に担いだ円筒状のランチャーをスイングさせ、こちらへ向ける。

「瀬名一尉、そんなんじゃ駄目です、これを使ってくださいっ」

背後で叫び声がすると、何かが宙を飛んで来た。

私は反射的に、右手を後ろへやり、肩の上で受け止めた。ずっしりと重い。

五味巡査長が何を投げて寄こしたのかは分かる。私は左手のベレッタを足下へ放り捨て、右手に受け止めたMP5マシンピストルを両手で構えると足を踏ん張って正面へ向け、同時に安全装置を解除した。

真正面、戦闘服の射手が上半身を捻り、RPG7ランチャーを私に向ける。

「くそっ」

その射手へ向け、思い切りトリガーを引き絞った。

フルオート射撃。

黒い卵型ヘリの胴体に煙が立ち、射手がのけぞってランチャーを取りおとし、その奥の操縦者にも九ミリ弾を叩きこんだ。

カチッ

弾倉が尽きる。

同時に黒いヒューズ500は、操縦者が倒れてコレクティブ・ピッチレバーを放し、前のめりになったためだろう、地上数メートルでホヴァリングする状態から機首を下げるようにしてどすん、と着地した。

「五味巡査長、続けっ」

私は弾倉の尽きたMP5を床に置き、かわりに足下へ放っていたベレッタを拾い上げると、デッキの縁を蹴った。

数メートルを跳び下りる。

着地。駐機場のコンクリート舗装を蹴って、走った。

真横からではよく見えなかった（あのタイプの後席には窓が無い）が、ヒューズ500は詰め込めば五人乗れる。まだ卵型ヘリの後席には戦闘員がいる。ロケット砲の弾体を装塡して、射手へ渡していた者がいるはずだ――

黒い小型ヘリはローターを空転させている。唸る回転翼の真下を駆け、右のサイドドアへ迫った。ＲＰＧの射手は機体の外へ上半身をのけぞらせ、ストラップに吊《つ》るされた格好だ。

奥の操縦席では戦闘服の操縦者が、計器パネルに前のめりになり、動かない。燃料コントロール系統を銃弾が貫通したのか、エンジンも停止していく。

「瀬名一尉」

「左へ回って、ドアを開け」

走りながら、後から続いて来る五味巡査長に手振りで指示した。

「君は左サイドへ行け。合図で、同時に制圧する」

「はいっ」

私は地面に降りた黒い卵型胴体の、右サイドの後部に駆け寄ると、背中をつけた。

アルミ合金の胴体表面は、ＭＰ５の九ミリ弾があちこちに円い弾痕《だんこん》を穿《うが》ち、白煙を上げている。

機体内部の気配を、背で探る。

やはり何かいる……。

三秒かからず、五味巡査長が胴体の向こう側――左サイドのドアに取りつくのが気配で分かった。外側からの開閉レバーを摑む。

「よし、開けろっ」

私は合図し、同時に両手で保持した小型ベレッタをスイングして、右側ドアの開口部から機内の天井へ向け引き金を絞った。

威嚇射撃。二発。

「動くな」

「動くなっ」

五味巡査長も叫び、二人で同時に機内の後席を銃でポイントした。

（――!?）

やや拍子抜けすることとなった。

フルフェイスの黒い覆面を被った戦闘員が一名、後部座席にいた。ロケット砲の弾体の山と、マシンピストルを脇に置き、確かに前席の戦闘員へ武器を受け渡す役目だったようだが――

最初に聞こえたのは、悲鳴だ。

「ひ、ひぃいいいっ」

泣き声に近い男の声。

狭い機内――小型乗用車に等しい二列シートの内部は、私の連射したＭＰ５の九ミリ弾が横殴りに降り注ぎ、あちこちに弾痕が穿たれている。前席の射手と操縦者は、それぞれが十発近くを食らい、シートベルトに固定されたまま絶命している。やむを得ない攻撃だったが……。

窓のない後席にいた、この武器係の戦闘員は生きた心地がしなかっただろう。私が天井へ威嚇発砲するまでもなく、すでに戦意喪失どころか、震え上がっていた。

「こ」

ニットの黒覆面の下で、目玉が見開かれ、武器係の戦闘員の男はのけぞって訴えた。

「こっ、殺さないでくれぇっ」

「いいから手を挙げろ」

私は両手でベレッタを男の覆面の眉間《みけん》にポイントしたまま、指示した。

まだ男の左横には、座席の上に黒いマシンピストル――MP5が載っている。震え上がる芝居をして、こちらを油断させるつもりかも知れない。

「手のひらを見せろ」

「わ、分かった」

武器係の男は、うなずきながら両手のひらを私に見せた。

何も握っていない。

「よし、頭の後ろで手を組め。そのまま、ゆっくり降りて来い」

だが降りろと言っても。ヒューズ500の絞り込まれた卵型の胴体は狭く、後席には窓も乗降口もない。前席の操縦者の身体を五味巡査長が引きずり出して、操縦席のシートを倒さなければ降りられない。

私が油断なく銃をポイントする間に、五味巡査長がシートベルトを外して、前席から操縦者を地面へ引きずりおとした。

どさり、という響きに、再び武器係の男は「ひぃいっ」と悲鳴を上げた。

転がす音が、大きい――

いつの間にか、周囲が静かになっている。

警視庁航空隊のベル２１２も、すぐ横に着地して、エンジンを切ったようだ。隙を作れないから振り返って見ることはできないが、火災は起こさずに済んだのだろう。

「よし、こっちへ来い」

五味巡査長が、テロを働いた容疑者を逮捕する時の要領で、武器係の男をコンクリート舗装の上に腹ばいにさせると、腰から手錠を外し取って素早く後ろ手に拘束した。

（――――）

ようやく、周囲を見ることが出来る。

私は、五味巡査長の横でベレッタを手に、素早く身体を回転させ、周囲三六〇度を見渡した。

夜風の渡る飛行場のフィールドは、誘導路と滑走路の間のスペースに頭から突っ込んだ赤いヒューズ５００の残骸が、まだオレンジの焔と黒煙を噴き上げている。

そのほかは、静かだ。

いや、まだだ。

〈敵〉の後続のヘリは、やって来はしないか……？

管制塔が爆破された。この飛行場に近づく飛行物体を、レーダーで捉えて警告してくれる者はもう無い。

私はフィールドの外の地平に眼を凝らし、もう一度、ぐるりと周囲を見回しながら耳にも注意を集中した。

だが、それらしい飛行物体の気配はなく、代わりに基地の消防隊が活動を始めたのか、司令部棟の方でサイレンが鳴り始めた。

「警察の方ですかっ」

ふいに声がした。

アルトの女の声――

「……？」

誰だ。

見ると。

足音がする。黄色い格納庫の明かりを背景に、シルエットが一つ、こちらへ向かって駆けて来る。

(飛行服……?)

私は眼をしばたたいた。黄色い逆光の中、走り寄って来る影は、飛行服姿だ。うなじまでのボブカットの髪が夜風になびいている。

「——警察じゃない」

私は、逆光の中のシルエットに応えた。

女子のパイロット——?

警察ですか、という問いは。私が警視庁航空隊のヘリから飛び降り、銃を手にしてテロリストを制圧したので私服警察官と思ったか。

「保安隊員を寄こしてくれないか」

「テロ犯は、制圧を⁉」

言葉がぶつかる感じで、駆け寄って来た女子パイロットは私に問うた。

息を切らせている。

水銀灯の下で、色白の顔だ。

「テロ犯は? 危険は、もう無いのですか」

色白の顔は、興奮しているが混乱してはいない。

胸にはウイングマーク。現役時代の私と、同じものをつけている。

「危険は？」

繰り返し、訊いて来た。

黒目がちの、色白――どこか京人形を想わせる容貌《ようぼう》。息を切らせているのは、私と五味巡査長が黒いヒューズ500を制圧するのを確認して、格納庫から走って来たのか。

「救護作業を始めさせても大丈夫ですかっ」

「――あぁ」

私はうなずく。

「とりあえず、危険は無い」

『危険は無い』という言葉に、確信は無かった。

この飛行場のフィールドは広く、取り囲むフェンスは長い。

たった今のどさくさに、地上では飛行場を囲むフェンスの一か所を破り、狙撃を任務とする戦闘員が侵入していないとは限らない。

ただ、〈敵〉の戦闘員が隠れて狙うとしても、標的はあの少女だろう。

無駄に地上要員を撃ったりすれば、戦闘員は自らの存在をばらしてしまう。もしも私が〈敵〉の戦闘員だとしても、そのような真似はしない――

とりあえず、救護作業に危険は無いはずだ。

「分かりました」

女子パイロットはうなずくと、格納庫の方を振り返った。

横長のシャッター開口部が黄色い光を吐き出す。そこへ向け、大声を出した。

「作業、始めっ」

すると。

黄色い光を吐き出す格納庫の入口から、多数の人影が現れ、駐機場へ走り出て来た。

作業服姿は整備員たちか……？　その中の幾人かは、棒状の長い物を手にしている。声をかけ合いながら、駐機場のあちこちへ散って行く。

そうか。

黒いヘリが格納庫のすぐ前に浮いて、活動している間は、数分前に駐機場で撃ち倒された仲間の救護に駆けつけたくても、出来なかった。

この女子パイロットは幹部（飛行服の階級章は二尉）だ。あの格納庫内で、現場の指揮を執《と》っていたのか。黒いヘリが活動を止め、制圧されたように見えたので、指揮官としてまず独りで情況を確認するため駆け出て来たのか。

整備員たちが手にしているのは担架だろう。

「はぁ、はぁ」

女子パイロットは呼吸を整えると、私に向き直り、敬礼した。

「航空自衛隊、飛行開発実験団、音黒聡子《おとぐろさとこ》二尉です」

「あぁ」

私は、現役ではない。敬礼は止めておき、軽く会釈した。

「私は瀬名。瀬名一輝という。NSCから連絡が行っていると思うが」

「――!?」

女子パイロット――音黒二尉と名乗ったか――は、黒目がちの目を大きく見開いた。

「――あなたが?」

「そうだ。こちらは」

背後の五味巡査長を振り向き、紹介しようとした。

だがその時。

戦闘服姿で立つSAT隊員の足下で、微かに震えるような音がした。

(……?)

何だ。

この音は。

震えるような、微かな響き――コンクリートの上に俯せで拘束している〈敵〉の戦闘員の胸の下からだ。

(これは)

瞬間、背筋がぞっとした。

「仰向けにしろ」

私は怒鳴った。

同時に〈敵〉の武器係だった戦闘員は「ひぃいいっ」とまた悲鳴を上げた。

「蹴っていい、仰向けに」

「は、はい」

五味巡査長はうなずき、腹ばいにさせた戦闘員を、足で蹴って仰向けに転がした。

戦闘員は「ひっ、ひっ、ひっ」と悲鳴のような声を上げる。

「ひぃいいっ」

何におびえている――？

まさか。

「おとなしくしろ」

私は戦闘員に駆け寄って、片膝をつくと、その胸部を覆うポケット付きのベストを両手で探った。

ポケットの一つが、振動している。

虫の翅《はね》のような振動音。

「くっ」

なぜ真っ先に、これを確かめなかった……!?

私は唇を噛んだ。

9

なぜ最初に、これを確かめなかった……!?

自分自身に悪態をつきながら、私は戦闘員のベストの振動するポケットをめくる。

虫の翅のような音を発し、ポケットの中で震えていた物が現われる。

二つ折り式の携帯だ。

「ひ、ひぃいいっ」

戦闘員は悲鳴を上げる。

「た、助けてくれえっ」

「黙れ」

もがいて暴れようとする戦闘員の腹を、五味巡査長が足で踏んで押さえつける。

「おとなしくせんかっ」

「そのまま押さえてくれ」

私は五味巡査長に頼むと、もがく戦闘員の胸を左手で押さえ、右手でコンバット・ベストのファスナーを引き下ろした。

さらに何かが現れる。ベストの下にもう一枚――白っぽい網状の繊維で編まれたプロテクターのようなもの。

「――うっ」

思わず、目を見開く。

胸部を密着して覆う、白い網目の下には。

横浜で見た物と同じ――特大の板チョコのような物体が、びっしり編み込まれて並んでいる。

その上に、小型の黒い受信機のような物体。物体の機能が生きている証拠に、その表面に緑のランプが点灯している。

また携帯がブーッ、と振動した。

戦闘員がのけぞり「た、助けてくれぇっ」と悲鳴を上げる。

「音黒二尉」

私は背後の女子パイロットを、振り仰いで怒鳴った。

「救護活動は中止しろ、ただちに全員を格納庫内へ戻せ」

「えっ」

「五味巡査長、ヘリの中の全員を、ただちに格納庫へ」

音黒聡子が聞き返すのに応える暇もなく、私はＳＡＴ隊員へも指示した。

「走らせろ。格納庫へ退避したら、シャッターを閉めろっ」

「どういうことです」

五味巡査長は、足で踏みつけている戦闘員を見た。

「では、こいつは」

「放っておけ」


私は、すぐ横で静止している黒いヒューズ500の機体を見上げた。

もう二人――

コクピットのすぐ下の地面には、操縦していた戦闘員が転がっている。ここからは見えないが、右席にはRPGの射手が吊り下がったままだ。

残り二名の身体も、確かめるまでもない――

さっきは銃撃されても、爆発はしなかった。ということは、彼らが胴に巻いている――巻かされているのはC4プラスチック爆薬に違いない。

「こいつは放っておく。いや」

腹ばいにさせた武器係の戦闘員は、両手を拘束しているだけだ。

このままでは駄目だ。

足が自由なのでは、走って移動出来てしまう。格納庫のシャッターを閉めても、外側にへばりつかれて爆発されては――

私は腰の後ろのベルトに差し込んだベレッタを、右手で摑んだ。

だが
「くっ――」唇を噛んだ。「五味巡査長、手錠はもう一つあるか？」

「あります」

「押さえているから、足首にもかけろ」


「助けてくれ、助けてくれ」

戦闘員は押さえつけられながら、じたばたと暴れた。

「じ、自分では外せないんだ、助けてくれぇっ」

「黙れ」

私は戦闘員の背中を押さえつけながら言った。

「動くんじゃない」

「む、無理やりに着けられたんだ。言われた通りにやらないと、爆発するんだ」

戦闘員の男は泣き声を上げた。

その声――年齢は私と同じくらいか、やや若いか。

「こいつは自分で外そうとすると、爆発するんだようっ」

「管制塔では、お前たちのせいで何人が殺された」

脚を銃で撃っても、同じことだが……。

拘束され、抵抗できない者を撃つのは――

「お前の雇い主にお前が殺されても、知ったことじゃない」

だが
「娘がいるんだようっ」

男は叫んだ。

泣き叫んだ。

「五歳の、娘がいるんだようっ、死ぬのは嫌だ、殺さないでくれ、爆発物処理班を呼んでくれぇっ」

「――――」

私は絶句した。

一瞬、固まったのを眼にしたのか、五味巡査長が「どうされました？」と訊く。

「瀬名一尉、どういうことです。外すと爆発する――って」

「――五味巡査長、音黒二尉」

私は、戦闘員の胸部を顎で指した。

「見てくれ。ここに巻きついているのはC４爆薬だ」

「？」

「――⁉」

SAT隊員である五味巡査長も、飛行開発実験団に所属する、おそらくはテストパイロットである音黒二尉も、その名称には覚えがあるようだ。

二人とも、息を呑むように戦闘員の胸部を見る。

「横浜でも同じ物を見た。知っている通りC4プラスチック爆薬は、粘土のように可塑性《かそせい》があり、柔らかくて成型できる。衝撃や熱には強く、銃弾を撃ち込んでも火の中へ投じても爆発しないが、専用の雷管で起爆すると、TNT火薬の一・三倍の威力だ」

「――――」

「――――」

「は、外してくれようっ」

戦闘員の男は泣き叫んだ。

その胸のベストで、虫の翅のような振動は続いている。

どこかから、何者かが呼び出している――

――『クク』

「こ、ここは自衛隊の基地なんだろう、爆発物処理班がいるんだろう、助けてくれ、何でもしゃべるから助けてくれぇっ」

男は泣き叫ぶ。

くそっ……。

「音黒二尉」

私は、眼を上げて女子パイロットを見た。

音黒聡子――空自のパイロットにしては、日焼けしていない。実験団にいるということは、フライトの他に室内で解析をしたりすることも多いのか。

「あそこは研究棟か」

格納庫の横の建物を、目で指すと。

女子パイロットは振り向いて見て、うなずいた。

「そうです」

「電波を遮蔽《しゃへい》する施設は？」

「え」

「外部からの電波を、完全に遮蔽する施設はあるか？　この男の胸に巻かれた爆薬は」

私は戦闘員の胸を指す。

「どこかから、電波信号によって遠隔操作で起爆する。だが下手に受信機を取り外そうとすれば、おそらく即座に爆発する。しかし電波を遮蔽する部屋に入れれば」

「――――」

「何でもしゃべる、と言っている」

「――わかりました」

色白のテストパイロットはうなずいた。

「研究棟に、試験用の電磁波遮蔽室があります」

そこへ

「話は聞いたぞ」

背後から、声がした。

「私が連れて行こう、瀬名一尉」

「……？」

声の方を見やると。

あの男だ。

萬田路人が、スーツの上着をなびかせ、数メートル後ろから近づいて来るところだ。

その後方には、ベル212。

ローターを停止させた青と銀色の機体――警視庁航空隊ヘリからも、乗っていた人々が降り始めている（おそらく萬田が先に降りて周囲の安全を確認し、降機させたのだ）。

「よし」

私は駐機場へ降り立つ面々に、大声で指示した。

「急いで走れっ」

降機する先頭は戦闘服姿の副操縦士、続いて、あの少女――小波彩を間に挟んで坪内沙也香とビジネススーツ姿の女性（小波彩は目立つ白いコスチュームの上に毛布を被っている）。依田美奈子は少し離れて周囲を警戒し、戦闘服姿の機長が最後だ。

列を作り、早足で格納庫へ向かう。

「急げ。横浜と同じことになるぞっ」

怒鳴ると、意味が通じたのか。

全員が走り始めた。

私の横では音黒聡子が「作業中止っ」と声を張り上げる。

「救護作業は中止。全員、格納庫へ退避して！　爆発の危険があるわ」

「瀬名一尉、君も行け」

萬田が立ったままで言う。

「格納庫へ行き、ただちに搭乗してくれ。こいつは私が研究棟へ連れて行く」

「――――」

私は立ち上がると、仰向けで泣きじゃくっている男――武器係の戦闘員を見た。

まだ胸の爆薬のランプは緑だが……。

「あんたが？」

「いいか瀬名一尉。岐阜基地に我々が到達したと、〈敵〉に知れてしまった。ここを急襲出来る休眠工作員は全て呼集されていると見るべきだ。奴らの攻撃がこれで終わるとは、到底思えん」

「……休眠工作員、か」

「そうだ」萬田はうなずく。「いくつかの新聞社、TV局では、局長クラス以下、幹部の多くが休眠工作員だと分かっている。この男はおそらく、下っ端のディレクターか何かだろう」

「…………」

「休眠工作員のうち、どのくらいの数が〈赤い白アリ〉の支配下にあるのか、分かってはいないが——普段は日本の自由な社会で、裕福ないい暮しをしているのに、本国からの指令だからと言って、死ぬような目に遭う破壊工作に出たい者はいない。だから、こうやって」

「萬田班長」

音黒聡子が言った。

「以前、基地を視察に来られた時、研究棟もご覧になっていますね」

「うむ」

「当直の研究員に、連絡しておきます」

女子パイロットは、飛行服の脚のポケットのジッパーを開き、携帯を取り出した。

スマートフォンだ。

「入口まで行ってもらえれば。あとは研究員に、電磁波遮蔽室まで案内させます。急いで下さい」

「分かった」

萬田はうなずく。

「五味巡査長、そいつを連れて行く。手伝ってくれ」

「はい」

「拘束して、遮蔽室に転がし、事態が落ち着いたら尋問する。瀬名一尉、格納庫へ急いでくれ。音黒二尉、発進のサポートを頼む」

「はい」

「――――」

「瀬名一尉、行きましょう」

「あ、あぁ」

女子パイロットに促され、私はうなずいた。

戦闘員の男は、五味巡査長に首根っこを掴まれ「さぁ立て」と立たされる。

「聞いていただろう、助けてやる。生命が惜しかったら走るんだっ」

男は「ひぃい」と悲鳴を上げながら立つ。

恐怖で腰でも抜けたのか、ふらつく。

だが

（……？）

何だ。

私はその姿に、違和感を覚えた。

そうか。

男のベストのポケットで鳴っていた、虫の羽音のような振動。それが消えている。

いつの間に止まった……？

「とっとと走れ」

「瀬名一尉」

音黒聡子が促す。

「機体は準備出来ています、早く」

「――分かった」

余計なことを考える暇はない。

急がなくては。

私は女子パイロットに続き、黄色い光を吐き出す格納庫の入口へと駆け出す。

「君が、ここの現場責任者か」

走りながら訊くと。

「はい」

聡子も小走りに駆けながらうなずく。

「NSCの主導で、女性の要人を戦闘機の後席に乗せ、某国へ送り出す極秘ミッションがあるからと――わたしが指揮官に適任と、任されました」

「そうか」

「女性に装具をつけたりするから、お前が適任だと――でも本音は、誰も面倒事にタッチしたくない。うちは出世コースの幹部が多いですから」

言いながら聡子は、スマートフォンを耳にあてる。

研究棟の当直員を、呼び出すのか。

あの戦闘員――休眠工作員だという――を電磁波遮蔽室へ閉じ込める。

急がねばならない、どこかで戦闘員たちに指示を出している者が、この場の情況をどれだけ摑んでいるかは不明だが、そいつが戦闘員たちを『爆破処分』することに決めたら、猶予はおそらく十数秒しかない――

「研究棟ですか、こちら音黒二尉」

だが次の瞬間。

走りながら通話先を呼び出していた女子パイロットは「きゃっ」と声を上げた。

思わず、という感じでスマートフォンを耳から離し、立ち止まる。

「な、何なの⁉」

聡子が耳から離したスマートフォン――その面が真っ赤に染まり、同時に信じられないような音量でガラスをひっかくようなノイズが響いた。

「……!?」

私は眼を見開いた。

聡子の手にした携帯——ガラス面をもつスマートフォンが赤く発光しながら、大音量でノイズを鳴らしたのだ。

曇りガラスをひっかくような雑音は、続いて低い合成音のような〈声〉に変わった。

『——プランD』

夜風の渡るフィールドに、低い機械変調されたような音声が響く。スマートフォンのスピーカーが最大音量になっているのか、辺りに響く。

『プランD』

「スイッチを切れ」

私は怒鳴った。

「スイッチを切るんだっ」

まさか。

背に冷たいものが走った。

スマートフォンが——端末ごと何者かにハッキングされている……!?

『プランD。ニンムダッゼイジナゲレバガゾクヴォゴロズ』

「切れ」

「切れないわ」

「そこへ置けっ」

私は腰ベルトの後ろからベレッタを抜くと、音黒聡子がコンクリートの上へ放り出した
スマートフォンを狙った。

トリガーを引く。

至近距離で命中し、スマートフォンは弾けるように分解した。

しかし
「――!?」

次の瞬間、背後で沸き起こった叫びに、私はぞっ、とした。

「待て、止まれっ」

制止する声は、五味巡査長だ。

「止まらんかっ」

「うぁああっ」

死に物狂いの叫び……。

何だ。

あの戦闘員か。

両手を後ろに拘束された姿で、五味巡査長を振り払ったのか、駆け出した。

コンクリートの上を、格納庫の方向へ行く——

何だ、この叫びは。

「わぁあああっ」

——『プランD』

今の、あの〈声〉は。

(何か、指示をしたのか……?)

五味巡査長は『生命を助けてやるから走れ』と言って、戦闘員を立たせ、研究棟の方へ追い立てた。

戦闘員が助かるには、電磁波遮蔽室へ入るしかない。そのことは、我々の会話を聞いていたら本人も理解出来たはず。

それなのに。

五味巡査長を振り払い、格納庫の方向へ走る……⁉

「……うっ」

プランD……。

――『ニンムダッゼイジナゲレバガゾクヴォゴロズ』
任務達成しなければ家族を殺す……？

「止まれっ」

五味巡査長は、まさか、戦闘員が唯一助かる手段をみずから捨てて、格納庫の方へ駆け出すなど予想もしていなかったのだろう。

一瞬、後れを取り、しかし素早いダッシュで追いつくと、戦闘員をコンクリートの上へ組み伏せた。柔道の技か、背後から俯せに倒して固める。

「おとなしくしろっ」

「ぎゃぁあっ」

だが戦闘員は獣のような叫びを上げると、五味巡査長の右腕に噛《か》み付いた。

水銀灯の光を受け、血走った目の凄まじい形相。

「ぐぁあっ」

「うわ」

噛まれたＳＡＴ隊員は、反射的にか、固め技を弛《ゆる》めてしまう。

その隙に、獣のように戦闘員は地面を蹴って駆け出す。

その胸部——

「——!」

私は目を剝《む》いた。

胸部に張り付いた板チョコ状の物体の上で、赤いランプが明滅している。

「止まれ、撃つぞっ」

五味巡査長は腰の自動拳銃を抜くと、斜め上に向けて一発、発射した。

やはり警察官だ。最初は当てずに空に向けて撃つのが、癖になっている——

戦闘員は手負いの獣のように駆けて行く。

格納庫の入口へ——

まずい……!

私の視界で、五味巡査長は戦闘員の背中へ向け、自動拳銃をポイントした。

「う、撃つぞっ」

「五味巡査長、撃てっ。奴は爆発する」

私も怒鳴った。

同時にベレッタを右手に保持し、格納庫へ駆け出した。

戦闘員の斜め後方から追う形だ。

格納庫へ行かせてはならない。

視界の中、萬田も五味巡査長に続いて駆け出し、上着の中から自動拳銃を取り出す。

しかし射線上に巡査長がいる。まっすぐには狙えない。

「撃つぞ」

若いSAT隊員は、一秒の半分ほど逡巡《しゅんじゅん》したが、戦闘員の背中へ向けて撃った。

一発、二発。

だが利き腕を噛まれたせいか、照準が甘い。弾道は上へ逸《そ》れる。

「——くっ」

私は、駆ける戦闘員の右斜め後方の位置からベレッタをポイントした。間合い十五メートル、走りながらでは、脚に命中させるのは至難だ。

やむを得ず胴体部を狙い、撃った。

乾いた響きと共に、戦闘服の背中に煙が立ち、戦闘員は前向きに転がった。

だが
「うぐぁあっ」

獣のように吠《ほ》えると、戦闘員はよろめきながら立ち上がり、再び走り出した。

くそっ……!

C４爆薬は、専用の雷管を使用しなければ起爆しない。銃弾を受けても、粘土のように受け止め、防弾チョッキの代用になってしまう。命中しても致命傷にならない。

私は立ち止まって、その背中をめがけ、今度は両手ポイントでベレッタを向けた。頭を狙う。

トリガーを引く。

カチ

(——うっ⁉)

遊底が空転した。

しまった、弾丸切れ……⁉

しまった。依田美奈子の所持していた小型ベレッタは、五連発だったか。

最初の一発を捨てさせたのは私だ——

(くそっ)

後悔しても遅い。

戦闘員は叫び声を上げながら、格納庫の横長の入口へ駆けて行く。

その前方、金属のシャッターが左右から中央へ向けスライドし始め、閉じようとする。

音黒聡子が指示したのだろう、入口は閉じようとするが

(駄目だ、間に合わない)

戦闘員の後ろ姿が、狭まる黄色い照明の中へ溶ける——

「全員、離れて伏せろっ」

私は怒鳴り、みずからも駐機場のコンクリートの上へ身体を投げ出し、伏せた。

「爆発するぞ、伏せろ！」

伏せて、目を上げると。

戦闘員は閉じ行くシャッターの十メートル手前で、何かにつまずき、転んだ。

同時に閃光。

EVACUATION

CHAPTER-3 脱出

RAVEN WORKS

1

十秒後。

超音速で膨張した高温の爆発ガスと衝撃波が頭上をなぎ払い、放射状に拡散して消えると。

「――――」

私は、ようやく頭を上げた。

周囲は灰色だ。爆煙が、まだ立ち込めている。

身体《からだ》をいったん仰向《あおむ》けにし、転がるようにして五体のどこかに異常が無いかを確認し、同時に周囲の状況に眼《め》を走らせた。

きな臭い空気。

どうにか呼吸は出来るが――

(――やはり向こうでも、か)

爆発は、駐機場をなぎ払っていた。

煙を通して見やると。やはり、私の後方――ヒューズ500の機体の下と、右席に吊《つ》り下がっていた二名の戦闘員も同時に爆発したか。

駐機場にあった黒いヒューズ500の機体は跡かたなく吹っ飛び、その向こうの警視庁のベル212は爆風を受けたか、ひっくり返って機体の腹を見せていた。

水銀灯の投光器も同じく残らず吹っ飛び、煙を通して駐機場の空間を照らすのは、黄色い光――格納庫からの明かりだけだ。

明かり……？

格納庫は。

ハッ、として前方へ目をやる。

あの戦闘員の身体に巻き付けられたC4爆薬は、閉じかけた格納庫の耐爆シャッターの十メートル手前で炸裂《さくれつ》した。

しかし予備格納庫とはいえ、航空自衛隊の施設だ。耐爆仕様のシャッター扉は、大きく半球形にへこんでいたが、格納庫の前面構造は破壊されず、私の眼の先、五〇メートルに立っていた。

（……？）

幅三メートルほどのシャッター開口部――四角い光の窓のようなところから、人影が一つ飛び出すと、こちらへ駆けて来る。

「瀬名一尉っ」

アルトの女の声。

「瀬名一尉、しっかりして下さいっ」

音黒聡子は、私に駆け寄ると片膝《かたひざ》をつき、起き上がるのを助けてくれた。

さっきはいち早く格納庫へ駆け込み、シャッターを閉めてくれたのか。

私は頭を振りながら、立ち上がる。

少しくらっ、とする。

「大丈夫ですか」

「――あぁ」

私は顔をしかめ、うなずく。

助けが無くても、立っていられそうだ。

「大丈夫、立てる」女子パイロットの手を、やんわり押しやった。「それに『元一尉』だ。

正確には」

「格納庫の機体は、無事です。何とか」

「そうか」

しかし。

(――――)

私は、駐機場の惨状を振り返り、あらためて顔をしかめた。

戦闘員の腹に爆薬を巻きつけて、言うことを聞かないと爆殺――

これは日本人の発想ではない……。

萬田は『督戦隊』とか、口にしていたか――?

「――SAT隊員と、NSCの男は」

私は目をすがめる。

投光器が無くなってしまったので、駐機場の地面がすべて見えるわけではなかった。

伏せて、無事だったとしても。どこかへ吹き飛ばされたかもしれない。

「探してくれないか」

「整備員たちに、救護活動させます」

「頼む」

片足を少し引きずるが、どうにか歩くことは出来る。

音黒聡子は私の傍らで、格納庫のシャッターの方へ大きく手振りをし、整備員たちに駐機場へ出るように促した。

「あの損傷したシャッター扉は、分割して取り外せます。少し時間は食いますが、発進できます」

聡子は入口を指し、説明した。

「それから例の彼女は、すでに中で支度をさせています」

「――――」
私は立ち止まった。
まだ、頭はくらくらするが――
何かを感じた。
立ち止まり、呼吸を整えた。
気をつけろ。
〈勘〉が、何かを教える。
気をつけろ。

「一尉？」
横で音黒聡子はけげんな顔をするが。
私は右手を挙げ『何も言うな』と制した。
目を閉じ、自分の中の〈勘〉が教えるものを汲《く》み取ろうとした。
どこだ……？
微《かす》かに、プレッシャーのようなものを感じた。
（右か）
目を開き、格納庫に向かって右手――南側の空を仰いだ。
夜風に煙が吹き払われ、星空が広がって来る。

眼を凝らしても、まだ何も見えはしない。

それでも耳は教える。

「――来る」

思わず、つぶやいた。

「何か来る」

「一尉？」

「シャッターの扉を」

私は顎《あご》で、大きくへこんだ耐爆扉の一枚を指した。

「取り外しを、急がせてくれ。あまり時間は無い」

2

閉じかけて止まったシャッターの開口部から、格納庫へ足を踏み入れると。

金属音が響く。

中規模の体育館クラスの空間だ。湾曲した天井の下は黄色い照明で満たされ、大勢の人々が動いていた。

「音黒二尉」

小銃を肩に、ヘルメットを被《かぶ》った保安隊員が駆け寄って来た。

私の横の音黒聡子に、敬礼する。耳には無線のイヤフォン。

「南側正面ゲートから、報告です。県警のパトカーが複数やって来て、基地の中へ入れろと強弁しています」

「面倒ね」

女子パイロットは頭を振った。

「入れても、邪魔になるだけだわ。瀬名一尉が離陸されるまで、何とか押し止めて」

「はっ」

私はその横に立ち止まり、空間の中央に鎮座するシルエットを見上げた。

今の爆発で、格納庫内へも爆風は吹き込んだだろうが、一見して損傷はない。

（――――）

これが、今夜飛ばす機体か。

鎮座するのは、白とグレーに塗られた、ずんぐりした機体――上反角のついた翼端に、一枚の垂直尾翼。エンジンは双発。流線型と言えば流線型だが、第四世代機のようなスマートさはない。

いかついシルエットを、力で前へ押す印象。

戦闘機としては巨大だ。馬面のように伸びる機首の下にはバルカン砲。機首の上部には、反り返って見なければ分からないがタンデム式複座のコクピットがある。

Ｆ４ＥＪファントム改。

この機が最初に製造されたのは、いつのことか。多分、私と同じくらいの歳《とし》だ。

「――こいつ、か」

「瀬名一尉」

横で、音黒聡子が言う。

「ご覧の通り、損傷はありません。先月、除籍になったばかりの機体ですが、整備は完全です」

「――あぁ」

私は機体を見上げたまま、うなずく。

戦闘機か……。

再び、戦闘機と名の付く機体に乗ることになるとは――

だが
(余計なことを考える暇はない)

たった今、格納庫の外で微かに耳に感じた気配。

何かが来る。

何かがまた、空中をこの基地へ向け急速に近づいて来る。

発進を急がなくては――

「一尉」

音黒聡子が重ねて言う。

「片発はわたしが始動し、ランターン・システムは起動させて、ヘッドアップ・ディスプレーに表示を出しておきます。その間に身支度を」

「あぁ」

私はうなずく。

「頼む」

「あそこの整備事務室を」

聡子は隅の一角を指す。

体育館のような空間の奥の隅に、プレハブ造りの小屋が立っている。ガラス窓にはカーテンが引かれている。

「臨時のパイロット控室にしました。装具一式を、用意してあります」

聡子が説明する間に扉が開き、小屋の中から人影が現われた。

ほっそりした小柄な飛行服姿。

付き添うように、黒いコスチュームの女と、ビジネスーツ姿の女。

「着られたのね」

音黒聡子は、現われた少女に歩み寄った。

オリーブグリーンの飛行服と、装具の具合を手早く触って確かめる。

「いいわ。Gスーツの締め具合は、わたしが上で最終チェックします。搭乗して」

「――はい」

顔の小さな少女は、唇を嚙《か》みしめるようにうなずく。

私が見ているのに気付くと、向こうから歩み寄って来た。

緊張しているのか、唇を結んだまま、会釈した。

顔色は少し白いが――

大きな眼は、私をまっすぐに見た。

「いいのか」

私は、思わず訊《き》いた。

「ゆっくり、話す暇もなかったが」

行ったら二度と帰れないぞ――

そんな脅かしを、今さら口にする気はない。

しかし、この少女――小波彩は、すべて分かった上で、あの国へ行く――行ってくれるというのか。

私が問うように見ると。

少女は上目づかいに、見返して来た。

少し不安げだが、目は逸《そ》らさない。まっすぐな視線。

唇は結んだまま、微かにうなずいた。

「――分かった」

私もうなずいた。

「音黒二尉に手伝ってもらい、後席に乗りなさい。俺はすぐに行く」

「ああいう子よ」

女子パイロットに付き添われ、機首左横の搭乗梯子《はしご》へ小走りに向かう後ろ姿を見やって、坪内沙也香が言った。

「たった今の爆発で、かえって肝が据わったみたい」

「――？」

「本番に強い。チームの誰よりもね」

坪内沙也香は腕組みをした。

「でも自分からセンターに立つことはしない。考えているのは、自分よりもチームのみんなのこと。公演のこと、お客さんのこと。グループに入った頃から、ずっとそう」

「そういう子が」

私も小波彩の姿を眼で追った。

搭乗梯子を登る動作が、意外と身軽で、素早い。

「どうして、君たちの組織の止めるのを聞かずに、我を通してアイドルグループに入ったんだ」

「そう。それだけがね」

女工作員は、腕組みをしたまま息をついた。

「わたしにも分からないのよ」

それ以上、立ち話をする余裕はない。

私は小屋へ駆け込むと、壁に吊るしてある飛行服と装具類をあらためた。

オリーブグリーンの飛行服には、ご丁寧に一等空尉の階級章と、私の現役時代のTACネームが縫い付けてある。

〈RAVEN〉

「誰が、こんなことを」

つぶやきながら、手早く身に付けた。

装具の扱い方は、手の方が憶《おぼ》えていた。

飛行服の上から、Gスーツを腰に巻いていると、小屋の外側から甲高いコンプレッサーの響きが伝わって来た。

特徴的な響きだ。すぐに分かる――外部電源車から高圧空気がチューブで送り込まれ、F4ファントム改のJ79ターボジェットエンジンが回転を始めている。音黒聡子が前席に座って、スタート操作をしているのか。続いてドンッ、という燃料着火音。ヘルメットと酸素マスクを手に、小屋を出ると。

淡いグレーのF4は、右エンジンをアイドリングに安定させるところだった。下反角のついた水平尾翼の下で、右のノズルが生き物のように収縮する。

アイドリングでも会話が出来ないくらいの排気音だ。

私は、斜め後方から見た機体全体の様子を素早く目でチェックしながら、早足で機首の左横の搭乗梯子へ向かった。

機体は腹の下には、六〇〇ガロン入りの太い増槽、そして左右の主翼下にも三五〇ガロン入りの中型増槽を一本ずつ吊るしている。左側の中型増槽の横には見慣れぬ形状の細長いポッド――AAQ13ランターンのセンサー・ポッドだろう。そのほかに自衛用のつもりか、両主翼のやや内側下のパイロンに一発ずつのAIM9Lミサイル。

これならば、機首下のバルカン砲にも実弾が積まれているに違いない――

（――――）

本来ならば、搭乗前に機体の外周をぐるりと一回りし、外部の状態をチェックしたいところだ。初めて乗る機体なのだから、なおさらだ。

しかし時間は無い。

格納庫内を震わせるようなJ79エンジンの排気音とは別に、私の耳が何か、感じ取っている――

ちらと左上方へ目を上げる。もちろん、格納庫の天井しか見えないが……。

早足で歩きながらヘルメットを被《かぶ》る。機首左下の搭乗梯子の脇には、整備員が一名待機していて、私に敬礼した。

反射的に答礼してしまう。

唇を嚙みながら、梯子を上る。

「一尉」

搭乗梯子を上り切ると、風防の後ろの操縦席から音黒聡子が立ち上がり、跳ね上げたキャノピーの下で座席を替わった。

聡子は梯子の頂上から手を伸ばし、私のGスーツのエアチューブをコクピットの左下の高圧空気アウトレットへ接続してくれる。

後席の搭乗梯子は、すでに外されているようだ。

着席し、素早くハーネス類を締める（このやり方も手の方が憶えていた）。

「一尉。後席のセッティングは、すべて出来ています」

「一尉はやめてくれ」

私は借り物の飛行手袋をはめながら言った。

「俺はもう、自衛隊の人間じゃない」

戦闘機パイロットでもない――

そう言いかけ、唇を結んだ。

「残りの左エンジンのスタートは、わたしが機首下について、整備用インターフォンでアシストします」

聡子は言い、梯子を下りて行く。

たちまち梯子が外され、視界から消える。


通信機器パネルは――？

初めに、目で探す。

戦闘機のコクピットの計器と機器の配置は、だいたい似通っている。通信用のパネルはF15と変わらないだろう。

右横のスイッチ・パネル――これか。

インターフォンを〈HOT〉に。

「――インターフォンのテストだ。聞こえるか」

通信系統のチェックを兼ねるつもりで、私は酸素マスクを装着すると、後席を呼んだ。前席・後席間の通話用インターフォンのスイッチは〈HOT〉位置にした（こうすると、いちいちスロットルレバーの送受信ボタンを押さなくとも後席との間で会話出来る）。

ちらとバックミラーに目を上げる。風防の枠の内側に取り付けられた、空戦用のバックミラーだが後席の乗員の様子も映る。

後席に収まった少女が見える。ヘルメットに酸素マスクをすでに着け、ハーネスで身体をシートに固定している。頭しか動かせないような印象だ。

『はい』

黒い酸素マスクをつけた顔で、少女――小波彩はうなずく。私の顔がミラーに映るのか、ミラーを見返して来る。マスクのせいで顔の白さが際立っている。

『聞こえます』

「よし」

少女の声が震えていないことを確かめ、私はうなずく。

本番に強い、か。

「両手は自由になるか」

『なりますが、あまり計器やスイッチに触れるなと言われました』

「いい」

私はバックミラーの中で、少女の射出座席のヘッドレストの上側にある二つのリングを見た。

急ぐが、これだけは最初に教えておかなくては。

自走を開始したらもう、説明してやっている暇は無い。

「頭の上を見ろ。二つのリングがある。赤と白の縞《しま》模様だ」

『はい』

少女のヘルメットの下の両目が、上を見やる。

『見えます』

「合図したら──地上・空中を問わず、もしも俺が『リングを引け』と合図したら、両手でそれを摑《つか》み、思い切り引いてくれ」

『は、はい』

「非常の時のためだ。それだけは憶えておいてくれ」

『分かりました』

インターフォン越しの少女の声は、マスクの乾き切った酸素のせいか、やや舌たらずに聞こえるが、口調ははっきりしている。

「今から左エンジンをスタートする。待っててくれ」

『はい』

『瀬名一尉』

少女の声に重なり、インターフォンに音黒聡子の声が入った。

『左をスタートして下さい。エアを送ります』

「頼む」

F4ファントムには、JFS（ジェットフューエル・スターター）が無い。エンジンを始動するには、専用の外部パワーユニットが必要だ。電源車を兼ねる支援車両から高圧空気を注入してもらい、タービンのシャフトを回さなくてはならない。

『エアを入れました』

音黒聡子の声。

『回転計が一〇パーセントになったら、左スロットルレバーのイグニッション・スイッチを押しながらレバーをアイドル位置へ』

「――」

私は革手袋の左手を、計器パネルの左脇のスロットルレバーに置く。

左右のエンジンに対応して一本ずつのスロットルレバーがある。通常は左右一体として操作するが、エンジンスタートの時は片側ずつ操作する。

回転計は――

J79はターボジェットだ。F15のP＆W／F100ターボファンエンジンのように、回転計がN1とN2の二種類あるわけではない。計器パネル右側に二列に並ぶエンジン計器群で、〈RPM〉と表示された計器は左右のエンジンに対してそれぞれ一個ずつだ。

左の〈RPM〉。

外部から注入される高圧空気で、左エンジンのタービン駆動軸が回転を始めた。

針が起き上がる。

一〇パーセント――

「一〇パーセントだ」

インターフォンに告げながら、ちらと前方を見やった。

エンジンを点火する前に、機首前方がクリアであること。人員が立っていない、吸い込むような異物が無いことを眼で確かめる。長年の習慣になっている。

前方では、格納庫の前面シャッターの歪《ゆが》んだ扉の最後の一枚を、整備員が数名がかりで取り外しにかかっている。その他には障害はない。

「点火する」

左の中指で、左スロットルレバーの前面についたボタン——イグニッション・スイッチを押しながらレバーをアイドル位置へ進めた。

ドンッ、と背中を軽く叩《たた》く着火音。

『点火しました。回転計が四五パーセントに達したら知らせてください。スターティング・エアを切ります』

「分かった」

だが
その時。ヘルメットを被っていても、耳が何かを感じ取った。

同時に視線は計器パネルの回転計に注いでいたが、視野の中で何かが動く。

(——⁉)

思わず目を上げると。

機首の前方で、シャッター扉の除去作業をしていた整備員たち――作業服姿の隊員たちが一様に外を指し、何か言い合っている。後ずさる者もいるが、リーダー格の隊員が皆を叱咤《しった》するようにして、全員で扉の除去にかかる。大急ぎの様子。

何だ。

次の瞬間、扉の一枚残ったシャッター開口部――四角い出口の向こうに、何かが動いて見えた。

格納庫の空間は、すでにファントムのJ79エンジンの燃焼排気音が反響し、内壁が震えるほどだったが、さらに天井の上とシャッターの外から別の騒音が押し寄せて構造全体を震わせた。

この震動――

（これは）

大型ヘリのダウンウォッシュか……⁉

ハッ、とするのと同時に風圧が押し寄せ、出口扉にいた整備員たちをのけぞらせた。

四角い出口の向こう――視界の上から舞い降りるように、白っぽい流線型が姿を現わした。格納庫のすぐ外の駐機場の上、地面すれすれに空中停止してホヴァリングする。

さらに凄《すさ》まじい風圧が押し寄せ、格納庫内にいた地上要員たちを根こそぎなぎ払うように転ばせる。

大型のヘリだ。シュペル・ピューマ……？　その類《たぐい》だ。

ずんぐりした白い流線型は、地上数メートルで水平に機体を回転させ、機首をこちらへ向ける。赤いストライプ。

「四五パーセントだ、スターティング・エアを切れっ」

私はインターフォンに怒鳴り、機首横にいるはずの音黒聡子に重ねて指示した。

「全員を、伏せさせろっ」


私は左手でスロットルを叩くようにアイドリング位置にすると、その手を計器パネルの左下にある兵装管制パネルへやり、赤いマスターアーム・スイッチを〈ON〉にした。

左エンジンもアイドリングに安定し、計器パネルで電力、高圧空気、油圧のオレンジの警告灯が自動的に消灯していく。

前方から目を離さずに左手をスロットルへ戻すと、親指でスイッチを探した。F4改は『HOTAS』概念の設計だ。兵装選択スイッチはF15と同じ位置にあった。迷わず前方へクリック。

目の前のヘッドアップ・ディスプレーに『MASTER ARM』そして『GUN』の文字が明滅して浮かぶ。その向こうで、機首をこちらへ向けたシュペル・ピューマの両側のサイドドアが開き、乗り出すように現われた人影が細長い物体をこちらへ向ける。

「くっ」

目に飛び込むように、まっすぐに二丁のロケット砲がこちらへ向くのと、私が右手で操《そう》縦桿《じゅうかん》を握って中指をトリガーに掛けるのはほとんど同時だった。

「全員伏せろっ」

マスクの中で怒鳴っても意味が無いことは承知で、私は怒鳴った。

トリガーを引き絞る。

3

コクピットの真下で二〇ミリバルカン砲が作動した。

トリガーを引き絞ると、機首下側に装備された六砲身のガトリング・ガンが油圧――一平方インチ当たり三〇〇〇ポンドの高圧で猛烈に回転、一秒当たり一〇〇発の勢いで二〇ミリ砲弾を前方へ吐き出す。

凄まじい震動。

火焔《かえん》の奔流のようなものが一枚残っていた外れかけのシャッターを吹き飛ばし、外側の駐機場の地面すれすれに浮かんでいた大型ヘリの機首部分へ吸い込まれた。

「――うっ」

指をトリガーから離し、私は思わず両目を右手で覆った。

大型ヘリ――おそらくシュペル・ピューマだ――は機首部分がひしゃげ、潰《つぶ》れ、操縦者が反射的に操縦桿を引いたか、のけぞるように腹を見せて後退して行った。

格納庫出口の四角い視界の中、シュペル・ピューマはコクピット部分から火を噴きながら斜めに機首を上げ、宙に立ち上がるように後退し、駐機場の向こう側の地面に尾部のテールローターから突っ込んだ。尻尾《しっぽ》から地面に突き刺さり、そのまま大きく横倒しになる――胴体両サイドからぽろぽろぽろっ、と小さな人形のような物がこぼれおちる。

「出るぞっ」

私は右手で顔から酸素マスクをはぎ取ると、周囲に叫んだ。

「みんな下がって、伏せていろっ」

怒鳴っても、聞こえていたか分からない。

だが、この機体を注視していれば、プロの地上要員ならば理解するだろう。

格納庫からの発進は、通常ならば安全監視役の整備員が周囲の状態を確認し、『発進よし』の手信号を出す。

だがそんなものは期待できない、私は機体の周囲をざっと目で確認すると、ラダーペダルに載せた両足を踏み込んで、パーキング・ブレーキを外す。

ぐん、とつんのめるように機体は前へ出る。アイドリング推力でもするする走り出す。

四角い開口部をくぐる――同時に格納庫の外、滑走路の上でこちらへ腹を見せたシュペル・ピューマが横倒しに、大地に叩きつけられる。

大爆発。

「――くっ」

眼をそむける。

駐機場へ滑り出る。

前方の滑走路上で起きた爆発で、駐機場も誘導路も――周囲がすべてオレンジ色に照らされている。

（滑走路は、駄目だ）

唇を噛み、私は酸素マスクを右手で顔につけ直し、左手でスロットルをアイドル位置に固定したままへ右足でラダーペダルを踏み込んだ。その場で機体を強引に右へ――北方向へ直角にターンさせた。

景色が横向きに流れる。軽い横G。

「滑走路が使えない。誘導路から上がる」

目を上げると、ミラーの中で後席の少女が眼を見開いている。ヘルメットの眼庇《まびさし》の下にはみ出した前髪が、浮き上がる。

『――――』

インターフォンに、息を呑《の》むような音。

『離陸、できるのですか』

「五〇〇メートルあれば足りる、口を結んでいろ、舌を噛むぞ」

言いながら私は、駐機場から滑走路と平行の誘導路へ機体を乗り入れ、ブレーキを踏んだ。Ｆ４を舗装路面の上で、停止させた。

膨張する爆発の火焰で、前方は見える。

滑走路のような灯火は無い。並行誘導路は、本来は駐機場から滑走路へ向かうための通路だ。しかしまっすぐな舗装面には違いない。ヘッドアップ・ディスプレー（ＨＵＤ）の視野に、幅の狭いコンクリートの路面が前方へ伸びる。

（フライトコントロール・チェックも、マックスパワー・チェックも省略だ）

ブレーキを踏み込んだまま、左手でスロットルを前へ。

アイドリング位置から、ミリタリー・パワー。背中のどこかで双発のＪ79がタービンの回転を上げる。

コクピット左右の空気取り入れ口がエアを吸い込み、推力が増加し、機体を前へ押し出そうとする。

ブレーキでこらえる。

機体がビリビリと震え出す。視線を計器パネル右側の、エンジン計器群へ走らせる。

針の位置――すべて異常なし。

燃焼音が高まる。

『たくさん来るわ』

ヘルメットのイヤフォンに、小波彩の声。

『瀬名さん、たくさん来る』

「黙っていろ」

私は前方へ眼を上げ、腹に力を込めると左右一体のスロットルレバーを最前方へ。さらにノッチを越え、突き当たるまで押し進めた。

アフターバーナー点火。

ブレーキを放す――

「行くぞ、歯をくいしばれっ」

背中を突き飛ばすような衝撃と共に、Ｆ４の機体は前方へ跳び出した。

ＨＵＤの視野を、幅の狭い誘導路の路面が前方から手前へ吸い込まれるように流れる。ラダーペダルで直進を維持――こいつの離昇速度はどれくらいだ？　多分F15よりは余計に要る、一五〇ノットも出せばいいか――

緑に浮き上がるＨＵＤの左端、速度スケールに注意をやろうとした、その瞬間。

「――⁉」

眼を疑った。

『瀬名さんっ』

何だ。

ふいに真後ろ頭上から黒い影が、追い越すように覆い被さった。ずんぐりした流線型が前方の宙で身を捻《ひね》るようにし、地面すれすれに浮いて止まった。
大型ヘリ――!?

何だ。

さっきのシュペル・ピューマと同型機かっ……!?

私は眼を見開く。

みるみる迫る。

前方、誘導路の真上を塞《ふさ》がれた。

爆発の火焰の照り返しで、白地に赤のストライプを入れた機体表面が浮き上がって見える。こちらへ横腹を向けている。何のつもりだ……!?

「くそっ!」

塞がれた。

駄目か!?

一〇〇ノットも出ていない、操縦桿を引いて飛び越すには速度が足らない、横へ避《よ》けようとすれば機体はスピンしひっくり返る。

とっさに左手でスロットルをアイドルへ戻し、スロットル横腹のスイッチでスピードブレーキ全開、両足を思い切り踏み込んだ。

フル・ブレーキ。

離陸中止。

「ぐっ」

上半身が前のめりに、両肩がショルダー・ハーネスに食い込む。

後席で小波彩が声にならぬ悲鳴。

ファントムは暴れながら止まろうとするが

(だ、駄目だ)

白地に赤いストライプのシュペル・ピューマが、眼前に大きくなり視野をはみ出す。横腹のスライディング・ドアが開かれ、暗色の人影がいくつか見える。その上側に描き込まれた〈中央新聞〉のロゴまでが読みとれた。

ぶつかる……！

「リングを摑めっ」

私は怒鳴った。

怒鳴りながら自らも、操縦桿とスロットルから両手を離し、射出座席のヘッドレストの上方に備えられた〈脱出リング〉を摑んだ。

「摑んで引けっ！」

4

真上へ叩き出される、凄まじい衝撃――

一瞬、意識が飛んでいた。

（――!?）

風を切る音で我に返る。

星空の中、身体は回転していた。空気を切り裂き、下から上へ――唸《うな》りを上げて星空が回転する。いや、自分が前のめりに回転しているのだ。何とかしなければ。手足は動かない、自分ではどうしようもない……！

そう思った瞬間、両肩を上方へ持っていかれるようなショックと共に、身体の回転が止まった。ばささっ、という布の広がる音が頭上で響き、周囲の星空が止まった。

空気の中を、落下していく――

（そうか）

パラシュートが開いた……そう思う間もなく、身体が何かに叩きつけられた。

高度ゼロで、脱出したのだ。

「――うぐっ」

ロケットモーターで、どのくらいの高さまで放《ほう》り上げられたのか分からない。宙を舞っていたのは数秒だったかも知れない。いや、十数秒か。F４改のコクピットから跳び出し、射出座席と身体が分離して、パラシュートが開いた。しかし十分に空気をはらんで制動をしてくれる前に、地面へ着いてしまった。

私は腹ばいになった姿勢から、顔をしかめながら身を起こした。

「くっ」

叩きつけられたのが地面であり、そこが運よく、滑走路と誘導路に挟まれた芝生の地面であったことに気づくまで、さらに数秒。

くそっ。

身を起こし、頭を振った。

ほとんど同時に、腹に響く爆発音が闇《やみ》を震わせた。

何だ……？

オレンジの閃光《せんこう》が、また周囲を照らす。

目をすがめ、音のした方を見やると。

遠くで火球が膨張し、黒煙と共に立ち上るところだ。数百メートル向こう――あそこは並行誘導路の上か。私の操縦していたF４改がシュペル・ピューマに突っ込んで、およそ十秒くらいは経《た》っている……。あれはおそらく大型ヘリの積んでいた弾薬に引火し、二次爆発を起こしたのだ。

（……くそっ）

自分の肩からパラシュートの装具を取り外しながら、周囲を見回した。

そうだ。

あの子は、どこだ。

小波彩は……。

さっきは、脱出できたか？　私のとっさの指示通りに〈脱出リング〉を引いてくれただろうか……？

何か聞こえる。

「……！」

大振りな布が風にはためく音がして、そちらを見やると。

三〇メートルほど離れた位置に、もう一つのパラシュートが広がっているのが見えた。

遠くの火焔のせいで、白く見える。

「大丈夫かっ」

周囲には、まったく人気は無い。

ここは飛行場のフィールドの中央近くだ。

夜風の中、駆け寄ると。

パラシュートのはためきの中に、小柄な飛行服姿が横座りのように、身を起こすところだった。

（――――）

少し驚いた。

平気なのか……？

いきなりベイルアウトしたんだぞ……？

さっきは離陸滑走中に激突寸前、高度ゼロで脱出したのだ。

パラシュートが開いたとはいえ、相当なショックだ。素人《しろうと》ならば着地の際、骨折するか、気を失っていておかしくない。

少女――小波彩は、アイドルグループに所属しているという。ステージで踊るのは、身体を使うのか。普段の鍛錬のおかげで、受身のような動作を取れたのかもしれない。

「大丈夫か」

「――はい」

小波彩は身を起こし、膝立《ひざだ》ちになった。

「けがはありません」

「そうか」

「瀬名さんも」

「あぁ」

おまけに、こちらの心配までされた。

とりあえず、死なずには済んだ……。

少女が無事と分かると、私はあらためて自分の不覚を恥じた。

そうだ。

(今のは俺が、背後への注意を怠ったからだ……)

他人のことは言えない。

狭い誘導路、短い距離での離陸に、神経を集中し過ぎた。

背後への注意がおろそかになった。

せっかく、小波彩が後席から『たくさん来る』と教えてくれていた――

「とりあえず無事でよかったが」

「はい」

私は息をつき、しかたなく彩と共に、火焰を噴き上げる誘導路と滑走路の方角を見やった。

飛行場の南端にある予備格納庫は、遠い――一キロ以上は離れているか。

ここからは建物の輪郭しか見えない。

テログループのヘリは、他にも続々と来た。火焔の照り返しの中、流線型のシルエットがいくつも、予備格納庫前の駐機場へ降りて行く。

先に降りた機影からは、人影がぱらぱらとこぼれ出る。

ヘリは大小あるが、みな民間機だろうか。さっきのは新聞社のロゴをつけていた。乗って来ているのは、一様に暗色の戦闘服姿ばかりのようだが……。

「ひどいことをする」

少女は、降着したヘリに囲まれる格納庫のシルエットを見やって、つぶやいた。

「みんな、テロリストとして捕まってしまう。これまでずっと、普通の社会で幸せに暮らして来たのに」

「……？」

「一生が、台無しになる」

小波彩は、私の横で唇を噛んだ。

「今のヘリコプターの人たちも、きっと、わたしを止めなければ殺す、と脅されて」

私はまた少し驚いた。

この子は――

「瀬名さん」

驚く私を、少女はまともに見た。
「わたしを、半島へ——平壌へ連れて行って下さい」
「——あぁ」
私はうなずいた。
だが。
機体が無い。
複座のＦ４は、妨害して来た大型ヘリに突っ込み、あの通りに燃えてしまった。
当座は、小波彩を乗せて飛べる機体は無い。
おまけに、音黒聡子を始めとする実験団の人々も、どうなったか——
その時だった。
遠くの爆発や、物が燃える響きとは別に、何かが聞こえた。
（——？）
何だろう。
自動車のエンジン音か？
見ると、立ち並ぶ司令部棟——まだ煙を上げている管制塔の根元の辺りから、無灯火の
車両が一台、こちらへ向かって来る。
ジープか。

（こっちへ来る……？）

私は反射的に、自分の身体を探った。

ジープなら、基地の車両だろう。だが乗っているのが〈味方〉とは限らない。

武器になりそうな物は無い。

ここは広大なフィールドの只中《ただなか》だ。

走ったところで、ジープからは逃げられない。

「俺の後ろに、隠れなさい」

私は小波彩を背後に庇《かば》うようにして、誘導路から芝地へ入って来る車両に対峙《たいじ》しようとした。

だが次の瞬間
「瀬名一尉」

オープンの運転席から、アルトの声がした。

「瀬名一尉、無事ですか」

MOON AMBASSADOR

CHAPTER-4 月よりの使者

RAVEN WORKS

1

三十分後。

「――――」

私は、日本海上空にいた。

タンデム式複座の前席に座り、HUD越しに前方を見ていた。

満月の照らす鏡のような海面の上、高度五〇フィート。

風切り音。

マッハ〇・九。超低空を亜音速で、一直線に飛んでいた。

後席には、あの少女――飛行服姿の小波彩を乗せ、満月に真後ろから照らされる形で、西へ向け急いでいた。

――『無事に戻られたら』

声が、耳に蘇《よみがえ》る。

――『無事に戻られたら、聞かせてください』

（――――）


あらためて計器パネルを見渡す。

すでに陸岸を離れ、どれくらい飛んだ――

目の前にあるのは、コンソールの左、右、中央下に配置された三面のカラー液晶ＭＦＤ――マルチファンクション・ディスプレー（多目的表示画面）だ。

そのうち左上画面にエンジン・パラメータ、中央下に兵装システム、そして右上の画面には戦術航法マップを表示させている。

私は右肘《みぎひじ》を肘掛けに載せ、右手をサイドスティック式の操縦桿《そうじゅうかん》に軽く添えている。気流の変動さえなければ、いったん手首で決めた機首姿勢は、手を離しても動かない。

左手はスロットルレバーを握っている。それは一本仕様で、オブジェのような握りだ。武骨さはなく、五本の指が自然にフィットする。

そうだ。

今、私が操縦席に座っている、この機体は。

Ｆ４ファントムではない……。

——『機体はまだあります』

また声が蘇る。

アルトの声だ。

——『乗って下さい、使える機体はまだあります』

つい三十分前のこと。

飛行場のフィールドの真ん中でのことだ。

灯火を消した一台のジープが、私たちの方へ走って来た。

管制塔の方角から現われると、ジープは滑走路脇の芝地に乗り入れ、軽く跳ねるように突っ走って来た。広がるパラシュートを目印にしたか、身構える私のすぐ目の前で急停止した。

何だ。

私は飛行服姿の少女を後ろに庇《かば》い、オープンの運転台を見上げた。

基地の車両ではあるが——

予備格納庫はすでにテログループに襲撃され、制圧されてしまった様子だ(内部にいた人々もどうなったか)。

大型ヘリに突っ込む寸前、Ｆ４改のコクピットから脱出した私と小波彩。空中で幸いにパラシュートが開き、滑走路脇の芝地に着地はしたが。

まるで、その様子を見ていたかのように――パラシュートの着地を追いかけるかのように、無灯火ジープはやって来た。

私は身構えるが

「瀬名一尉」

運転席から、アルトの声がした。

「瀬名一尉、無事ですか」

音黒聡子……？

暗がりの中、私は目を見開いた。

「……!?」

見間違いではなかった。

ジープの運転席にいたのは、あの女子パイロット――飛行開発実験団のテストパイロットであり、予備格納庫で現場の指揮を執っていた音黒聡子二尉だった。

「――音黒二尉」

私は、思わず詫《わ》びた。

最初に口を衝いて出たのは詫びの言葉だった。

「すまん、ファントムは燃やした」

私がＦ４を駆り、予備格納庫を走り出てから。

音黒聡子は、おそらく格納庫に置いてあった車両を使い、離陸を見届けようと追いかけたのか。

いや。

見届けるどころでは無かったはず。

あの後、すぐに後続のテログループ——萬田の言う休眠工作員たちが次々にヘリで乗り付け、格納庫を襲って来た。おそらく私たちの発進を阻止すること、岐阜基地の予備格納庫と内部に収められた機体を破壊することが、彼らに与えられた『命令』なのだ。

聡子は、襲撃される格納庫から脱出して来たのだろう。

「乗って下さい」

女子パイロットは、夜目にも煤《すす》に汚れた白い顔を、私に向けた。

車を運転しているのに、息を切らせている。

「乗って下さい、使える機体はまだあります」

「——？」

「早く」

聡子は運転席から、火焔を噴き上げる誘導路と、滑走路の方角をちらと見た。

「急がないと、奴らが気づきます」

「どういうことだ……⁉」

小波彩を先に後部座席へ上がらせ、私は助手席へ跳び乗った。

私が跳び乗るなり、音黒聡子はジープを急発進させ、その場でターンした。

横G。アシスト・ハンドルにつかまりながら私は問うた。

耳の迷いでなければいい。

聡子は今、何と言った……。

機体がある――？

「どういうことだ、音黒二尉」

「隊員たちは、退避させました」聡子はハンドルを回しながら言う。「いずれ基地は、全部奴らに占拠されます。急がないと」

「機体がほかにある？」

「そうです」

聡子はハンドルを戻し、ジープを北側へ向けて加速させながら言った。

「あります。今朝、大修理から上がって来たばかり――わたしが明日、受領試験をする予定だった機体」

「……？」

「メーカーの工場の格納庫です。おそらく〈敵〉は、まだ気づいていません」

「大修理？」

「さきの震災で水没し、三菱《みつびし》で大修理を受けていました。わたしが受領試験をして、松島へ返す予定——くっ」

思い切り加速させたジープが芝地で跳ね、聡子が舌を噛《か》んだ。


水没した、機体……？

まさか。


ジープはそのまま飛行場のフィールドを北端——予備格納庫とは反対側の端をめざして疾駆した。

管制塔よりも北側に立つ、黒いモニュメントのような四角い窓の無い建物。その外壁へ横づけすると、音黒聡子はジープを止めた。

「降りて」

巨大な建物だ。周囲の空間には人けも無い。

遠くのオレンジ色の火焔《かえん》が、黒い外壁を時折りゆらっ、と照らし出す。

「通用口から入ります」

「——分かった」

私は、女子パイロットに続いて跳び降りると、後席の少女に手を貸そうとした。

しかし手を貸す前に、小波彩はひらり、と跳び降りてしまう。

身の軽さに、また少し驚く。

「ここに機体があるらしい、行こう」

「はい」

音黒聡子が入口脇のキーパッドに暗証番号を打ち込み、間口の狭い自動ドアを開かせた。

中は暗い。

女子パイロットが駆け込む。

続いて小波彩と共に、内部へ駆け込んだ。

女子パイロットに続き、灯りの無い通路をまっすぐに走る。

「この奥が、メーカーの格納庫です。工場を兼ねた」

聡子は先に立ち、駆けながら言う。

「夜は稼働していませんが、わたしがすぐ電源を入れて――」

だが
まっすぐに伸びる通路の奥――突き当たりに、もう一つの扉があるようだ。その小さな扉の窓から、白い光が漏れている。

変ね、とつぶやきながら聡子は扉に取りつくと、脇のキーパッドを操作した。

扉が開く。
「――⁉」
ここは……。
思わず立ち止まり、見回した。
広い。
天井の高い、驚くほど広い空間が白い照明に照らされていた。
眩《まぶ》しさに、目をすがめるほどだ。
そして。
(――あれは)
私は息を呑《の》んだ。
音黒聡子が先に空間へ足を踏み入れ、「変ね」とつぶやきながら見回す。
「今夜は、作業をしていないはず」
その後ろで、私は立ち止まり、空間の中央に鎮座するシルエットに目を奪われた。
「――――」
この機体は。
白い光を浴び、一つの流線型が鋭い機首をまっすぐに伸ばして、目の前にあった。

ブルーの濃淡の塗装。

ファントムとは異なる、それは流れるようなフォルムだ。複座のバブル型キャノピーに一枚垂直尾翼、単発。機首の下には鮫《さめ》の口のような、独特の形状の空気取り入れ口（インテーク）。

「——こいつは」

「F2Bです」

聡子が、振り向いて言う。

「ご覧の通り、修理から上がったばかり」

息を呑む私の耳に、別の声がした。

「よう」

何だ。

流線型のシルエット——主脚を踏ん張るように立つ機体の、主翼の下をくぐるようにして男が姿を現わした。

茶色く汚れたスーツ姿——煤だらけだが、上着のボタンをきちんと留めている。

（……!?）

私はまた目を見開く。

萬田……？

「よう。やはり来たな」

「お待ちしていました」

その後から、続くように戦闘服の巡査長も姿を現わす。

「どういうことだ」

私は目をしばたたき、NSCの男を見返す。

無事だったのか。

いや――

あの爆発の後、格納庫付近では見かけないと思っていたが……。

「あんたは、ここに?」

「そうだ」

萬田はうなずく。

うなずいて、白い照明に照らされる空間を見渡す。

「このようなこともあろうかと思ってな。このメーカー格納庫へ先回りし、準備をさせていた。大修理から上がった機体の情報は伏せていた。どこから漏れるか分からん」

「――」

「――」

私の横で、音黒聡子も息を呑んでいる。

「――萬田班長」

「うむ」

萬田はうなずき、懐から一枚のペーパーを取り出すと、その面を聡子へ示した。

「この通り、機体の徴用手続きは済ませてある。安心しろ、音黒二尉」

「――――」

「メーカーの当直技師も協力してくれるそうだ。ただちに発進の準備にかかりたまえ」

すると

「萬田さん」

私の横から、飛行服姿の少女が歩み出た。

長身の萬田を、見上げるようにする。

「あの飛行機で、わたしは行けるのですね」

「うむ」

NSCの男はうなずく。

「その通りだ、〈姫〉」

（――――）

チン

ヘルメットイヤフォンに短いトーンが鳴り、ＨＵＤの右下に小さく『ＬＩＮＫ』という青い文字が現われて明滅した。

「彩」

私は眼をしばたたき、意識から記憶の会話を除《の》けると、コンソール右側のＭＦＤ画面を見やった。

来たか。

航法マップ上に、同じ『ＬＩＮＫ』という文字が浮き出て、明滅している。

左手をスロットルから離し、指で画面の周囲のボタンの一つを押す（現役時代、Ｆ15ＪのＭＳＩＰ改修機で、このタイプの情況表示画面は取り扱った）。

ダウンロード操作を行いながら、酸素マスクのインターフォンで後席に知らせた。

「データリンクが来た。間に合ったようだ」

あれから。

白い照明に照らされる格納庫で、出発の準備は急ピッチで行われた。

発進の直前まで、格納庫の前面扉は閉じておくこととなった。

テログループの戦闘員たちは、いつ襲って来るか。

最初に黒いヒューズ５００が管制塔を爆砕してから、まだそう時間は経っていなかった。

多くの出来事が起きた気がしたが、二十分と経っていない。

基地の外側の世界では、まだ何が起きているのか、人々には知られていないだろう。爆発が連続したので、何か敷地内で事故が発生し、その中継のために報道関係のヘリが大量に飛来している――

一般の市民の多くは、まだそう思っているかも知れない。

基地を破壊しつくした後も、ヘリで逃走してしまえば、テログループの戦闘員の多くは捕まらずに済むのだ――

「納入チェックは完了、ちょうど明朝の受領テストに備え、燃料も積んであります」

機体の横で、三菱重工の若い技師が音黒聡子へ整備記録簿を渡しながら説明した。

「明日はG空域で、最大荷重テストも行う予定でしたから。左右の主翼下に六〇〇ガロン増槽も装備しています。満載です」

「お誂《あつら》え向きだわ」

聡子は整備記録簿に受領のサインをして、技師へ返す。

「助かる――瀬名一尉、搭乗して」

「分かった」

私は搭乗梯子を先に上り、コクピットの前席に収まった。

続いて小波彩が促されて、後席に乗り込む。

音黒聡子が、後席の搭乗梯子を続いて上り、コクピットの外側から手を伸ばして彩の着席を手伝った。

「瀬名一尉、燃料は満載ですけれど、武装はほとんどありません」

聡子は手を動かしながら言った。

「試験用に、バルカン砲の二〇ミリ弾が一〇〇発だけ。武装はそれだけです」

「構わない」

私は自分のGスーツのエアチューブを高圧空気アウトレットに繋《つな》ぎ、身体《からだ》にハーネスを装着しながら応《こた》えた。

「無駄な戦闘はしない」

「その代わり」

聡子は、後席から私の目の前のHUDの透明なプレートを指した。

「この機には『武器』があります。大修理に伴って、AAQ33を装備したのです」

「――？」

目を上げると。

聡子は「ごめんなさい」と、前席の左横へ乗り出すようにしてコンソールへ手を入れ、いくつかのスイッチを手早く操作した。

何をしているのか。

「AAQ33。ランターンの後継システムで、スナイパーと呼びます。赤外線の〈目〉で、前方の地形をHUDへ投影出来ます。初期設定をしておくので」

予備電源で、すでに機体の電子装備は目を覚ましていた。

私の見ている前で、聡子の指がＭＦＤ画面の一つを開き、設定ページを呼び出して操作した。

「あとは、一尉が出発されてから、衛星経由のデータリンクで航法データを送ります。目的地までの地形追随航法データ。半島に到達してからは、超低空峡谷飛行で平壌まで」

「――そうか」

スナイパー・システム、か。

（………）

遥《はる》か上空の衛星を経由し、海面すれすれを這うこの機――複座戦闘機Ｆ２Ｂのセントラル・コンピュータに、航法データがロードされて行く。

〈目的地〉までの飛行コースだ。

ＨＵＤ右下に『ＬＯＡＤＥＤ』の表示が出て明滅し、消えると、私の視線の前に緑色の長方形シンボルが浮かび出た。

これが例のボックスか。

月光を浴び、蒼白《あおじろ》く光る海面が猛烈な速さで、前方から機首の下へ吸い込まれて来る。震えるような水平線に重なり、緑の長方形は浮かぶ。

ヘッドアップ・ディスプレーに飛行コースを指示するボックスが出ます。それをくぐるように操縦すれば、あらかじめプログラムした経路に沿って峡谷を抜けて行けます――

音黒聡子は説明し、ランターンと同じです、と言った。

『瀬名さん』

インターフォンに、声がした。

『平壌までのコースが、インプットされたのですね』

眼を上げると。

バックミラーに映る後席で、グレーのヘルメットを被《かぶ》った少女は、両目を計器パネルへ注いでいる。

出発前、後席のMFDにも航法マップを表示させておいた。

「そうだ」

私のコンソール右上のMFDにも、自機の位置を示す三角形のシンボルを中心に、日本海の海面が描かれている。すでに後にしてきた山陰の陸岸は、ぎざぎざの海岸線が四角い画面の下端に外れ、見えなくなっている。

機は、海洋の真っ只中《ただなか》だ。

画面中央の三角形シンボルから、前方へまっすぐにピンク色の直線が伸びている。ロードしたばかりの飛行コース――平壌までの航路だ。

現在は、海面上をまっすぐ飛ぶよう指示しているが。

いずれ半島の海岸線へ達すれば、そこからは山岳地帯の只中、峡谷を超低空で抜けていくコースを指示するだろう。どのような飛行になるのか……。

「彩」

私は、右手首で機首姿勢を保ち、HUDの視野の中央に緑の四角形が浮かぶように維持しながら、後席の少女を呼んだ。

小波彩。

〈姫〉というコードネーム。

萬田路人の属する組織が、少女を呼ぶためにつけた名だ。

しかし、あの有名なアイドルグループの中でも、彩はメンバーたちから自然にそう呼ばれているという。

私はまた先ほどの出発間際、コクピットの横で交わされた会話を思い出す。

音黒聡子に整備用インターフォンでアシストしてもらい、エンジンをスタートした。

キャノピーを閉じる前に、彩は後席から手袋の手を伸ばし「萬田さん」と呼んだ。

搭乗梯子を外すのを技師に待ってもらい、NSCの男は後席の真横へ上がって来た。

F2はエンジン音がファントムほどうるさくはない。会話が前席でも聞こえた。

「〈姫〉。身体に気をつけてな」

「はい」

彩のヘルメットの横顔がうなずく。

「萬田さんも。それから、おじいさんとおばあさんにも伝えて。長い間、お世話になりました。どうかお元気でと」

「分かった」

「彩さん」

ついでに、五味巡査長まで萬田に続いて上がって来て、後席の横で敬礼した。

「格納庫の出口は、自分が護《まも》ります。どうかご無事で」

「ありがとう」


「彩」

私は思い出すのを中断し、後席の少女に告げた。

「これでコースも入力できた。平壌まで行ける」

『はい』

少女は眼を上げ、ミラー越しに見返して来た。

『よろしくお願いします、瀬名さん』

「せわしなくて訊《き》けなかったが」

私も少女を見返し、訊いた。

「君は、いいのか」

〈巣《ザ・ネスト》〉と呼ばれる組織――恩田老人や萬田路人が、この少女を半島へ送り込み、共和国の保守派の人々と結託して政権を奪い返す。小波彩を『新しい最高指導者』に据えることで、それを行うのだ。

怖がる少女を無理やりに連れて行く――そのような〈仕事〉であれば、あるいは私は、どうしたか分からない。

しかし〈姫〉――小波彩は自ら進んで、半島の共和国へ赴こうとしているのだった。

「怖くないのか」

私は尋ねた。

「脅かすつもりはない。しかしこの先、無事に着けたとしても」

『――――』

「君の身は、決して安全とは言えない」

『分かっています』

「怖くないか」

『あの国は』

彩はミラーの中で頭を振った。

『あそこは、父の国です。怖くはありません』

「そうか」

2

「君は」

私は、機の姿勢を維持しながらインターフォン越しに訊《き》いた。

コンソールの左側MFD画面では、扇形のグラフがいくつも開き、毎時五〇〇〇ポンドの燃料流量が表示されている。

低い唸《うな》り。背中で単発のGE－F110ターボファン・エンジンは燃焼を続け、この青い迷彩の機体を海面上五〇フィート、マッハ〇・九の亜音速で突き進ませる。

だが、足の下は凪《な》いだ海だ。

コクピットは静かだった。

「君は、仲良しをつくらないそうだな。萬田に聞いた」

この少女は。

小波彩は、どんな思いで今、ここにいるのか。

みずからの出自については、母親から聞かされて育った。そう萬田は言っていた。

幼くして母親――女優だったという母を亡くしてからは、芸能プロの社長夫妻に引き取られたという。

『仲良しの子は、いません』

後席の映り込むミラーの中で、彩はヘルメットの頭を振った。

『みんなと、仲が悪いわけじゃないけれど』

「どうしてなんだ」

私は尋ねた。

「わざと、そうするのか」

『女の子は』

彩は、視線を上げ、言葉を選ぶようにして言う。

『女の子は放《ほう》っておくと、少人数で仲良しのグループを作ります。トイレに行くのも一緒。でもわたしがそれをすると、仲良しの子と、それ以外の子に差が出来てしまう。四百二十一人のメンバーひとりひとりを、全員、平等に扱って、グループを引っ張って行くにはわたしが仲良しを作っては駄目。だからわたしはお弁当も一人で食べる。トイレにも一人で行きます』

「寂しくないか」

『さびしいけれど――辛《つら》くない』彩は頭を振る。『チーム全員で、凄《すご》いパフォーマンスをやれた時の喜びの方が、大きいから』

「そうか」

『リーダーは』

小波彩は、後席から少しずつ、自分のことを話してくれた。

さしむかいで、顔をつき合わせるより、話しやすいかも知れない。

『リーダーは、怒らなきゃいけない。でも普段から仲のいい子とそれ以外の子がいると、平等に怒れない。みんなを平等に怒って、叱《しか》って、励まして四百二十一人のチームを引っ張って行くには、〈総監督〉は仲良しを作っては駄目』

「そうか」

私はうなずいた。

目は、前方の水平線へと戻した。

満月に照らされる海面。

猛烈な勢いで前方から押し寄せる──しかし不思議に、静かだ。

HUDの左側スケールに表示される速度はマッハ〇・九。五〇〇ノット。

半島の東海岸まで、どれくらいだ……

「坪内が、話していたが」

頭の中で進出した距離と、半島沿岸までの距離を測りながら私は訊いた。

「君は〈総監督〉らしいが、自分からは舞台でセンターに立たないそうじゃないか。一番になりたくはないのか」

『総選挙で、一番になる必要はない』

後席で少女が頭を振るのが分かった。

『一番になってセンターに立つ子と、〈総監督〉としてみんなをまとめる人間は、初めから役割が違う』

「そうか」

『真ん中に立つ子だけがエースじゃない。それは普段から、みんなに口を酸っぱくして言ってる』

「うん」

『でもう――みんなと一緒に舞台に立つことも、ない』

声の詰まるような息づかいがした。

ミラーに目を上げると、少女は目を伏せていた。

酸素マスクをつけているので、目の表情しか見えない。

「向こうに行く決心は」

目を伏せる少女に、訊いた。

「決心は、いつしたんだ。全部、捨てて行くんだろう」

すると
『――瀬名さん』

少女は目を上げ、ミラー越しに私を見返した。

『小さいころ——死ぬ前にお母さんが言っていた。わたしの父——お父さんは、映画の好きなやさしい人だった。平和な国を作りたいと思っていた。日本とも仲良くしたい、秋葉原へ遊びに来るのが夢だった』

「そうか」

私は息をつく。

お父さん、か。

映画の好きなやさしい人……。

女優であった母親の前では、その人物は、そうだったのか。

「そういう人だったか」

『でも江沢民が、それを許さなかった』

「……？」

『核兵器を造れって命令して来て——言うことを聞かないとパイプラインの石油を止めて国民を飢え死にさせるぞって、脅した』

彩の母親が、どのような気持ちで彩を産み、何を話して聞かせたのか。

想像することは出来ない。

幼い娘に、父親のことを話す時には、悪いことは言わないだろう。

そうも思えるが——あるいは彩の母親の前で見せた姿が、二代目の最高指導者の本当の姿だったのか。

報道されていた姿しか、私は知らない。

『わたしは』

彩は続けた。

『お母さんが死んだ後、おじいさんとおばあさんに引き取られて、育ててもらった。血のつながった本当のおじいさんとおばあさんでないことは、知ってた。お父さんに簡単に会えないことも知ってた。でも、でももし秋葉原で活動している今のグループに入って、レギュラーメンバーになっていれば。いつか国交が正常化して、お父さんが日本を訪問したときに、秋葉原へ公演を見に来てくれる。ステージに立ったわたしを見てもらえる。だから』

「――?」

また声の詰まる息づかいがした。

インターフォンはホット・マイクにしてある。息づかいまで、全《すべ》て聞こえてしまう。

『だから、どんなに周りの人に止められても、わたしはオーディションを受けて、頑張ってグループに入った。でもお父さんは、わたしがオーディションに合格した日に』

「――――」

『瀬名さん』

「うん」

見返すと、少女は視線を上げた。

『わたし、お父さんの後を継いで、お父さんの遺志を継いで、あの国を平和な国にする。国際社会で皆に尊敬されるような立派な国にする。そのためになら、わたしは』

ピッ
だが少女の声に重なり、ヘルメット・イヤフォンの中でアラームが鳴った。

同時に、航法マップ画面の上で『ＩＥＷＳ』の赤い文字が明滅し、マップの上端——前方八〇マイルレンジに赤い輝点が出現した。

それも、四つ——

（……来たか）

機首のレーダーは働かせていない。

レーダーは必要ない。

Ｆ２は、自機の索敵用レーダーを使わなくても、空中の他の航空機が発するレーダーのパルスを捉《とら》え、その位置と方角、概略の距離まで割り出して画面上に表示してくれる。

パッシブ（受動的）電子戦能力に優れているのだ。

ＩＥＷＳ（統合型電子警戒システム）のセンサー・アンテナは機体の各所に付けられており、前方象限だけでなく、後方まで全周を警戒出来る。

セントラル・コンピュータが、ＩＥＷＳのセンシングした遥か前方から発せられて来る未確認レーダー・パルスを解析し、アメリカ軍と共有するデータベースに照らし合わせ、画面上の赤い輝点の横に相手の素姓を表示する。

ピッ

〈ＭＩＧ29〉

ミグ29——

四つとも、ミグ29か。

ピピッ

アラームが鳴り、画面の上端からさらに四つ、赤い輝点が現われる。

こちらへ来る。

相対速度は音速の二倍近く。

みるみる近づいて来る。

（もう四機……？）

（ＥＣＭは——いや、駄目か）

現役時代のように電子妨害の対抗策を準備しようとして、手を止めた。

出発前、音黒聡子から、一つだけ釘《くぎ》を刺されていた。

Ｆ２Ｂは二人乗りの複座機だ。単座のＦ２Ａと比べ、後席に機体容積を食われているので、その分、電子装備を積めない。

攻撃的なＥＣＭ（電子妨害）は、こちらからはかけられない。Ｆ２Ａと違い、Ｆ２Ｂの装備するＩＥＷＳに出来るのは、受動的な探知だけだ。

「彩」

私はマップ画面の輝点の動きを目で摑《つか》みながら、後席に告げた。

「出迎えが来たようだ」

萬田は、私たちが離陸した後、〈巣〉《ザ・ネスト》のルートで共和国側へ連絡をしたはずだ。手はず通り、保守派の人々に、平壌郊外の使われていない小さな古い飛行場で待機し、受け入れを準備するように――

しかし情報は、どこかで漏れる。

〈敵〉は、この機を阻止するつもりだ。

昨夜も、開城からの帰途、日本海上空でミグ29に襲われた。今、マップ画面に現われた八機は、おそらく昨夜のファルクラムの仲間だ。

半島の東海岸、元山《ウォンサン》の基地の機体か……？　共和国空軍のミグ29の飛行隊は、江沢民派に支配されていると見るべきだ。

「前方から八機来る」

『マップの上に出ている、これらですね』

「そうだ」

私はうなずく。
「こいつらは、友好的な歓迎でない可能性の方が高い」
ＩＥＷＳがアラームを鳴らし、赤い輝点は横に広がりながら急速に近づいて来る。
（――くそっ）
――『無事に戻られたら』
また声が、耳に蘇った。
ついさっきの、出発直前のこと。
格納庫内で準備がすべて完了し、機首下から整備用インターフォンを切る直前。
音黒聡子は『一尉』と私に告げた。
一尉はよせ。
もう俺は自衛隊の人間ではない。
そうは言ってあったのだが――
『一尉、前面扉、開きました。進路クリアー、行ってらっしゃい』
「一尉はよせ」
でも聡子は、インターフォン越しに言った。

『無事に戻られたら、聞かせてください。ずっと前から聞きたかったのです。小松のレイヴンが飛行教導隊を負かした時の話』

（――――）

負かしてはいないよ。

私は心の中でつぶやき、左手をスロットルから離すと、コンソール左下の兵装管制パネルでマスター・アームスイッチを〈ＯＮ〉にした。

ＨＵＤの視界の左下、凄まじい勢いで前方から吸い込まれる海面の上に『ＭＡＳＴＥＲ　ＡＲＭ』の黄色い文字が浮き出て、二秒間明滅した。

（負かしてはいない――その代わり、負けてもいないけどな）

3

「――――」

ＩＥＷＳのアラームは重なり、うるさいほどに鳴り響いた。

パッシブ警戒センサーの探知範囲――前方八〇マイルの圏内に、八個もの敵性レーダー・パルスの発信源が浮いているのだ。

しかもそれら――赤い輝点の群れはマップ画面上を急速に、自機を示す三角形シンボルへ覆いかぶさるように迫って来る……。

「彩。戦闘になるかも知れん、顎《あご》を引いて口を結んでいろ」

私は後席にそれだけ告げると、右手を操縦桿からいったん離し、指を動かした。

指の関節から、緊張を解く。

今日の機体は、勝手が違う。

現役時代、乗り慣れていたF15Jではない。フライバイワイヤ式の操縦システムを採用した新鋭のF2Bだ。

あまり違和感はありませんよ、と乗る前に音黒聡子には言われた。

空自のあらゆる種類の機体を飛ばしている聡子が言うのだ。確かに離陸の際には、操縦桿を引いて機首を上げるのに、違和感はなかった。アフターバーナーを焚《た》き、岐阜基地の滑走路の真ん中あたりを塞いでいたシュペル・ピューマの残骸を軽々と飛び越してリフトオフした。

しかし戦闘となると、どうなのか。

いや。

私はちらと、バックミラーを見た。

今夜は後ろに、素人の女の子を乗せている。

無用の戦闘は避けるのだ。

目的は、後席の彩を平壌まで送り届けることだ。

ピピッ

アラームが鳴り、八つの輝点はさらに近づく。

(横一列――レーダーで海面をさらって、捜索しているのか……?)

相対速度は一〇〇〇ノット。音速の二倍近い。

ピピッ

さらに近づく。

まだ、見つかっていない。

この機は、ずっと海面上五〇フィートを這って飛んで来た。北朝鮮の防空レーダーには、探知されていないはず。

ならば。ミグ八機は、どこかから情報を得て、このF2を探し出そうと出動して来たのか……?

八機が横一線に広がり、まるで海面をレーダーで掃くようにして飛んで来る。

こちらを見つけようとしている――

「――――」

右手を操縦桿へ戻し、努めて力を入れずに握った。

マップ画面の上、輝点の列との間合い五〇マイル。四五マイル――

（あいつらの）

私は輝点の群れを睨んだ。

ミグ29ファルクラムの、レーダーのルックダウン能力はどれくらいだ……？　F15でも、ルックダウンで低空の標的を見つけるのは難しい。海面を這う小さな目標を探知出来るのは、イーグルでも間合い一五マイルがいいところだ。四〇マイル。

その時、マップ画面の上端に地形を示すぎざぎざの緑色――海岸線が現われた。

（……！）

半島の東海岸か。

海岸線だ。

朝鮮半島は、特に北部においては山が多い。海岸近くにまで、切り立った山岳がせり出している。

海岸線に達し、その先の山間の峡谷へ入り込んでしまえば。

ミグ29には低空の地形追随飛行能力などない。海岸線を切って陸地へ上がれば、何とかして逃げ切れる……。

目を上げる。ヘッドアップ・ディスプレーでは、緑の長方形がまっすぐ前に、微動だにせず浮いている。直進しろ、と教えている。

ピッ

海岸線が、マップ画面上端から自機のシンボルへ向かって、ゆっくりと下がって来る。

あと七〇マイル。六五マイル——

横に広がった八つの輝点は、すぐ前方まで迫って来ている。

私は機の姿勢を維持したまま、前方の水平線と、マップ画面の両方に注意を注ぐ。

一五マイル、一〇マイル。

頭上の天空——満月に照らされる薄い雲を背景にして、小さな鋭い影が一つ、前方から後方へ滑るようにすれ違った。

「……！」

すれ違った……。

今のは八機のうちの一機か。

マップ画面の上でも、八つの輝点は中央の自機シンボルとすれ違って、後方へ行く。

『すれ違ったわ』

後席で、息をつくようにして彩が言う。

だが
ピピピッ
次の瞬間、ＩＥＷＳが鋭い警告アラームを鳴らした。

「……⁉」

見ると。

八つの輝点のうち、自機シンボルに近い一つが、画面の下へ下がるのをやめ、止まったように見えた。続いて急速に、運動の向きを変える。

「……見つかったか」

くそっ。

私は左手でスロットルレバーを掴み直すと、前方へ突っ込むように押した。

アフターバーナー点火。

背中を叩《たた》くショックと共に、F2は前方へ跳び出すように加速した。

『きゃっ』

「逃げるぞ、つかまっていろ」

海岸線まで五〇マイル。

まだ少し、遠い――

IEWSがさらにアラームを鳴らし、マップ画面の下側では八つの輝点が中央へ向けてぐしゃっ、と集まるように寄って来る。

追って来る。

おそらく、この機を発見したミグが仲間に知らせたのだ。

レーダーで捕捉されたのかは、分からない。これだけの明るい満月だ。海面上を曳《ひ》き波をひいて突進するF2が、上空から目視で見えたのかも知れない。

私は水平姿勢を維持し、F2を加速させた。

海面近くでは、おそらくマッハ一・一くらいがリミットだ。それ以上は空気が濃過ぎてスピードは出ない。

機体は震え、突進するが驚いたことに操縦桿を操作する必要がほとんどない。

速度変化による機首姿勢の調整を、フライバイワイヤが自動的にやってくれている。

高度五〇を保ち、F2は突進する。

しかし
ピッ
マップ画面上に『LOCKED』の赤い文字が出て明滅した。

後方から、射撃管制レーダーにロックオンされた……。

赤い『LOCKED』は、敵のミサイルに照準されたという意味だ。

自機を示す三角形のシンボルの後方に、八つの輝点が集まって来る。『LOCKED』の文字が次々に重なっては表示され、画面が真っ赤になり見難《みにく》いほどだ。

まずい。

八機に同時にロックオンされたら……。

左の親指が自然に、スロットル横腹のチャフ・ディスペンサーのスイッチを探る。

(………)

いや、駄目だ。

八発、ないし十六発のミサイルを同時に放たれたら。

レーダー誘導であれ赤外線ミサイルであれ、チャフやフレアでは防ぎようはない。

こういう時は。

私はちら、とミラーで後席を見た。

背後の空間も同時に視野に入る――後方から〈敵〉の群れは押し寄せて来るはずだ。

目視で機影が見えるほどには、食らいつかれていない。

ミグ29か――

昨夜、MD87旅客機を襲ってきたファルクラムは、赤外線誘導のミサイルを使用した。

今度も、同じ兵装である可能性は高い。エンジンの排気熱を追って来るミサイルだ。有効射程は約三マイル。

「彩」

私は少女へ告げた。

素人ではある。しかしさっきはベイルアウトしても平気だった。多少のGには耐えられるはずだ――

「今から、敵の群れの懐へ入る。振り回すぞ、決して口を開くな。舌を嚙む」

『――――』

少女が返事をする前に、私は前方へ視線を向けて顎を引き、右肘を視点にして操縦桿を鋭く引いた。

ブンッ、と唸りを上げ、一瞬で水平線が下方へ吹っ飛んで消えた。

（――！）

凄い。

こいつが、フライバイワイヤの機動かっ……。

感心する暇もなく、流れる視界の上方から、反対側の水平線が逆さまになって目の前へ被さって来た。

もうレーダーの使用を控える必要はない。左の親指で、兵装選択を〈GUN〉に。

F2の機首で射撃管制レーダーが目を覚まし、フェーズドアレイ・アンテナに並ぶ数百の素子によって前方空間がスキャンされる。

（ドッグファイト・モードだ）

私は音黒聡子に教わった通り、スロットルのレーダー・モード選択スイッチをドッグファイト・モードへ入れた。

途端に、前方空間に浮かんでいる照準可能な空中物体がすべて、正方形のシンボルに囲われて目の前にパパパッ、と現われた。F2はレーダーが首振りをしない。空間の状況はすべて、瞬時に摑める。

あそことあそこ、それにあそこかっ……。

「……！」

私は反射的に、空中に不規則に展開した八つの四角形の群れの、その集団の中心部へ機首を突っ込んだ。

敵の只中へ跳び込めば。

そうすれば一度にこの機を攻撃出来るのは、一機だけだ。

いや、それ以上に活路が――

八つの中の一機が、視界の中央に来る。

「――くっ」

真正面、ヘッドオン。

やれ。

〈勘〉が教えた。

私は操縦桿を手首で一瞬クリックするように倒し、わざとその一機の真正面へ、機首をぶつけるように向けた。相対速度一〇〇〇ノット以上。HUDの中央に、照準レティクルが現われ、四角形に重なる。『LOCK』の黄色い文字。

右手の中指でトリガーを一瞬、引く。同時に手首を返し操縦桿を右へ、右脚でラダーを踏み込む。

ブンッ、と唸《うな》りを上げて視界のすべてが左向きに吹っ飛び、同時に左真横を暗色の機影がすれ違いながら、宙で爆発した。

衝撃波。

後席で彩が声にならぬ悲鳴。

(今だ)

私は左手でスロットルをアイドルへ絞ると、右手で機首を思い切り下げた。

急降下。

「群れから抜け出す」

兵装選択を戻し、射撃管制レーダーを切った。

エンジンもアイドルまで絞った。照準されるような熱はもう出さない。

私はマスクの酸素を吸い、呼吸を整えながら自分へ言い聞かせるようにした。

「ミサイルはみな、今の爆発に引きつけられる。その隙に逃げるぞ」

『凄いわ』

後席で彩が言った。

『すれ違いざま、一刀両断』

「黙ってろと、言っただろう」

経済制裁がひどくて、あの国では軍用機の部品も粗悪品しかないと言う。

ミグ29が、レーダーのルックダウン能力でこの機を探し出せたとは思えない。

おそらく、さっき頭上をすれ違った一機が、偶然に目視でこのF2を発見したのだ。

私が確信した通り。

再び低空へ降りて水平飛行すると、もうミグの群れは追って来なかった。

エピローグ ― Epilogue ―

一か月後。

私は、秋葉原の街路を歩いていた。

日曜日の午後だ。

真珠の手を引き、携帯の画面に送られて来た地図の場所を探した。

この街へは、あまり足を踏み入れたことがない。

秋葉原――

というか、空白のパイロット暮らしが長かったせいで、東京の地理自体にあまり詳しくなかった。

「パパ」

手を引いている真珠の方が、先に〈目的地〉を見つけた。

「パパ、あそこ」

目指す劇場は、電気街の賑《にぎ》やかな通りの先にあった。

留守中、娘に心配をかけたので、何かしてやりたい。

別に、何か頼むつもりはなく、坪内沙也香の前でただつぶやいたのがきっかけだった。

実は娘がファンなんだ、と言うと「稽古場《けいこば》を見に来ていい」と誘われた。

勤務先であるスカイアロー航空の総務課が休みの日曜日に、真珠を連れて出かけた。

ちょうど今の時期、秋葉原の劇場の稽古場で、坪内沙也香がグループのメンバーたちに新曲の振りつけを教えていると言う。真珠を連れて見学に来て良い、と言われた。

「新しい〈総監督〉が決まってね」

体育館のような稽古場を訪れると。

黒いコスチューム姿の女工作員――普段の表向きの仕事はアイドルグループの振付師だという坪内沙也香は、レッスンの行われるフロアを指した。

真珠は喜んで、かじりついて練習の様子を見ていた。

新しいリーダーらしい少女が、並んで踊るメンバーたちに注文をつけている。結構、厳しい声だ。

「ああやって、大変なのよ」

「――そうか」

私は、坪内沙也香と並んで、練習の様子を眺めた。

「――北朝鮮、核実験を中止したみたいね」

紙コップからコーヒーを一口飲むと、沙也香は言った。

「向こうでは、うまく行っているのかしら」

「君の方が、よく知っているだろう」

私は女工作員の横顔を見た。

「俺は、ただ送り届けて来ただけだ。その後のことは、君たちの方が知っている」

「フフ」

「どうなんだ」

「さぁね」

女は含み笑いすると、私を見た。

「わたしたちの組織に正式に所属すれば、あなたもタッチ出来るわ。世の中の、本当の事情に」

「――――」

「NSCに入らない？」

「――――」

「ねぇ、瀬名さん」

女は稽古風景を見やりながら、言った。

「昔話の〈かぐや姫〉、知ってる？」

「……？」

何を訊《き》くのだ。

昔話……？

〈かぐや姫〉――

「それは」

私は稽古の様子を見ながら、推測して言う。

「SFみたいな話を、昔の人も好んでいて」

「違うわ」

「？」

「あれはとても、政治的なお話」

「政治的って」

「あのね」

坪内沙也香はコーヒーをすると、遠くを見るようにした。

「昔話に登場するかぐや姫は。実は平安時代に日本へ流れて来た、あるペルシア貴族の姫が『原形』になっているらしい。

ペルシアで、王族間の政争で生命の危険があった。両親は小さな女の子に危害が及ばぬよう、家来に命じて遠国へ逃がした。中国ではまだ敵の刺客に襲われる。だから日本にまで逃がれて来た。遣唐使で大陸との繋《つな》がりのあった日本の貴族家が迎え入れて、かくまった。国を出る時には小さかった女の子も少女に成長していて、『絶世の美女がいる』と評判になった。当時の宮廷の若い男子たちがこぞって求婚したけれど、見向きもされない。そのうちに本国の政争が収まって、迎えの船がやって来て、少女は帰って行った」

「――――」

「当時としては、ペルシアなんて月の世界のように遠い場所だった。その時のエピソードが、口伝えに残されたのが〈かぐや姫〉のお話」

「――――」

「そういうことらしい」

「――――」

私は、軽く驚いた。

何を言うのかと思えば……。

そんな大昔の事情を、想像したこともない。

「この世にはね」

沙也香は息をついた。

「普通の人たちの知らない事情が、たくさんある」

「――――」

「この日本を狙っている本当の〈敵〉の正体とか、いろいろね」

「――――」

「いろいろある」

女工作員は、稽古場の明かり取りの窓を見上げ、つぶやいた。

「〈月の世界〉――か」

Haruki Bunko
ハルキ文庫

な 12-2

F2B《えふつうびー》、嵐《あらし》を越《こ》えて　レイヴン・ワークス❷

著者　夏見正隆《なつみまさたか》

2018年3月18日第一刷発行

発行者　角川春樹

発行所　株式会社角川春樹事務所
〒102-0074 東京都千代田区九段南2-1-30 イタリア文化会館

電話　03(3263)5247(編集)
03(3263)5881(営業)

印刷・製本　中央精版印刷株式会社

フォーマット・デザイン　芦澤泰偉
表紙イラストレーション　門坂 流

本書の無断複製(コピー、スキャン、デジタル化等)並びに無断複製物の譲渡及び配信は、著作権法上での例外を除き禁じられています。また、本書を代行業者等の第三者に依頼して複製する行為は、たとえ個人や家庭内の利用であっても一切認められておりません。
定価はカバーに表示してあります。落丁・乱丁はお取り替えいたします。

ISBN978-4-7584-4155-1 C0193 ©2018 Masataka Natsumi Printed in Japan
http://www.kadokawaharuki.co.jp/[営業]
fanmail@kadokawaharuki.co.jp[編集]　ご意見・ご感想をお寄せください。